衛斯理小說典藏版 07

U0164680

尋夢

衛斯理
親自演繹衛斯理

《尋夢》

新之又新的序言，最新的

衛斯理小說從第一次出版至今，歷時已近半世紀，總共出了多少正版，還能計得清，若是連盜版一起算，那就算找外星人來算，也算勿清楚哉！不知能不能也算世界記錄。

算得清好，算勿清也好，能幾十年來不斷出新版，說明不斷有讀者加入，對作者來說，沒有更值得高興的事了，謝謝所有喜歡衛斯理的人，謝謝謝謝。

二○二○年六月四日 香港

幾句話

寫了四十多年小說，論者將拙作分為三個時期：早、中、晚。在明窗出版的一批，屬於早期和中期的上半。三個時期的創作風格有相當程度的不同，所以風評不一。本人並無偏愛，但讀友對早期的作品，頗有好評，大抵是由於在早、中期作品之中，主要人物精力充沛，活力無窮，所以使故事曲折多變，小說也就格外吸引。明窗出版社此次重新出版這批作品，正好讓大家來證明這一點。

四十餘年來，新舊讀友不絕，若因此而能有新讀友，不亦快哉！

二〇〇五年十一月六日

序言

常被人問：那麼多作品，你最喜歡哪一類？

答：以衛斯理為主角的幻想故事。

問題必然進一步：在衛斯理故事中，你自己最喜歡哪一個？

答：「尋夢」。

不單是由於「尋夢」這個故事的小說結構十分完整，曲折離奇，把兩個不同時代的事件，交雜在一起，也不單是這個故事有意料之外的佳妙結果（被不少電影電視劇偷去用了），也由於這個故事寫了前生、今生和來世的現象，對因果作了十分大膽的設想。

這種設想，在衛斯理故事之中，不是很多見，所以大具特色。

而一直固定地做一個短短的夢，完全一樣，正是作者本人的經歷，整個故事的設想，自然也由此而來。

「尋夢」寫在七八年前，這次刪訂，重新仔細再看一遍，若有人問一開始寫的問題，答案不變。

衛斯理（倪匡）

一九八六年十二月廿三日

目錄

第一部

一個不斷重複的怪夢

楊立群感到極度不安和急躁。令得他焦躁不安的，不是他昨天決定的一項投資，在二十四小時之後，看來十分愚蠢，一定要虧蝕；也不是因為今天一早，就和妻子吵了嘴，更不是因為辦公室的冷氣不夠冷。

令楊立群坐立不安的是那一個夢。

每一個人都做夢，楊立群也不例外，那本來絕不值得焦躁。而且，楊立群不是容易坐立不安的人，他有冷靜的頭腦，鎮定的氣度，敏銳的判斷力，豐富的學識，這一切，使得他的事業，在短短幾年之間就進入巔峰，而這時，他不過三十六歲，高度商業化社會中的天之驕子，叱咤風雲，名利兼具，是成功的典型，社會公眾欣羨的對象。

要命的是那個夢！

楊立群一直在受這個夢的困擾，這件事只有他自己一個人知道，從來也沒有對任何人說起過。所以，他的女秘書拿着一疊要他簽字的文件走進來，忽然聽到他大喝一聲：「快出去，別來煩我！」時，嚇得不知所措，手中的文件全都跌到了地上。

楊立群甚至煩躁得不等女秘書拾起文件，就一疊聲喝道：「出去！出去！

出去！」

當女秘書慌忙退出去之際，楊立群又吼叫道：「取消一切約會，不聽任何電話，一直到再通知！」

女秘書睜大了眼，鼓起了勇氣：「董事長，上午你和……廖局長約會……」

楊立群整個人傾向前，像是要將女秘書吞下去一般，喝道：「取消！」

女秘書奪門而逃，到了董事長室之外，仍然在喘氣，因為剛才楊立群的神態，實在太可怕了。不但神態可怕，而且女秘書還可以肯定，一定發生了極不尋常的意外。和廖局長的約會，是二十多天之前訂下的，為了能和廖局長這樣對楊立群企業有着直接影響力的官員見面，女秘書知道，楊立群不知託了多少人，費了多少精神，這是近半年來，楊氏企業公司董事長一直在盼望着的一件大事。可是如今，董事長楊立群卻吼叫着：「取消！」

女秘書抹了抹汗，去奉行董事長的命令。

她決計想不到，楊立群如此失常，全是為了那個夢！

楊立群是什麼時候開始做這個夢的，連他自己也記不清楚了。

他第一次做這個夢，並不覺得有什麼特別，醒來之後，夢境中的一切雖然

記得極清楚，一個七八歲的小孩子做了夢之後，不應該保持這樣清醒的記憶，可是這個夢卻不同。

楊立群在那個年紀的時候，除了那個夢之外，自然也有其他各種各樣的夢，別的夢，一醒來就忘記了，而這個夢，他卻記得十分清楚。

正因為他將這個夢記得十分清楚，所以，當這個夢第二次又在他熟睡中出現，他立即可以肯定：我以前曾做過這個夢。

第一次和第二次相隔多久，楊立群也不記得了，可能是一年，也可能是大半年，也可能超過一年。以後，又有第三次，第四次，一模一樣的夢境，在夢境中，他的遭遇一次又一次重複着。

漸漸長大，同樣的夢，重複的次數，變得頻密。楊立群可以清楚地肯定，當他十五歲那年生日，接受了一件精緻的生日禮物：一本十分精美的日記簿，他就有了記日記的習慣。於是，重複一次那個夢，就記下來，他發現，第一年，做了四次，第二年，進展為六次，接下來的十年，每個月一次，然後，情況變得更惡劣，同樣的夢，出現的次數更多，三十歲以後，幾乎每半個月一次，而近來，發展到每星期一次。

每個星期一次，重複着同樣的夢境，這已足以令人精神崩潰，尤其是這個夢的夢境，極不愉快，幾乎在童年時，第一次做了這個夢之後，楊立群就不願意再做同樣的夢。

但是，近一個月來，情況更壞了，到最近一個星期，簡直已是一個人所能忍受的極限。由於完全相同的夢境，幾乎每隔一晚就出現，以致楊立群有分裂成兩個人的感覺：白天，他是楊立群，而晚上，他卻變成了另一個人，有着另外的遭遇。

前晚，楊立群又做了同樣的夢。

昨晚，楊立群在睡下去的時候，吞服了一顆安眠藥，同時他在想：今晚應該可以好好睡一覺了，昨天才做過這樣的夢，今晚不應該再有同樣的情形，情形到了隔一天做一次同樣的夢，已經夠壞了，不應該每天晚上都做同樣的夢。

當楊立群想到了這一點時，他甚至雙手合十，祈求讓他有一晚的喘息。

可是，他最害怕出現的事，終於出現了。那個夢，竟然又打破了隔一天出現的規律，變成每天晚上都出現。

昨晚，當楊立群在那個夢中驚醒之際，他看了看牀頭的鐘：凌晨四時十五

分——多少年來，幾乎每一次夢醒的時間全一樣。楊立群滿身是汗，大口喘着氣，坐了起來。

他的妻子在他的身邊翻了一個身，咕噥了一句：「又發什麼神經病？」

楊立群那時緊張到了極點，一聽得他妻子這樣說，幾乎忍不住衝動，想一轉身，將雙手的十根手指，陷進他妻子的頸中，將他的妻子活活掐死！

儘管他的身子發抖，雙手手指因為緊握而格格作響，他總算強忍了下來。

從那時候起，他沒有再睡，只是半躺着，一支接一支吸着煙。

然後，天亮了，他起身，他和妻子的感情，去年開始變化，他盡量避免觸他妻子的眼光，同時還必須忍受着他妻子的冷言冷語，包括「什麼人叫你想了一夜」之類。

那令得楊立群的心情更加煩躁，所以當他來到辦公室之後，已到了可以忍受的極限。

當女秘書倉皇退出去之後，楊立群又喘了好一會氣，才漸漸鎮定了下來。他的思緒，集中在那個夢上。

一般人做夢，絕少有同樣的夢境。而同一個夢，一絲不變地每一次都出

現，這更是絕少有的怪現象。

他想到，在這樣的情形下，他需要一個好的心理醫生。

他深深地吸了一口氣，埋怨自己，隔天出現這樣一個夢，就應該去找心理醫生了，何必等到今天。

一有了決定，楊立群就鎮定了下來，他按下了對講機，聽到了女秘書猶有餘悸的聲音，吩咐道：「拿一本電話簿進來。」

女秘書立刻戰戰兢兢拿了電話簿進來，一放下，立刻又退了出去。楊立群翻着電話簿中的醫生一欄，隨便找到了一個心理分析醫生。

楊立群真是隨便找的，在心理分析醫生一欄中，至少有超過六十個人名，楊立群只是隨便找了一個。他找到的那位心理分析醫生叫簡雲。然後，他就打了電話，要求立刻見簡醫生。

這是一種巧合。如果楊立群找的心理分析醫生不是簡雲，我根本不會認識楊立群，也不會知道楊立群的怪夢，當然也不會有以後一連串意料不到的事情。

可是楊立群偏偏找了簡雲。

我本來也不認識簡雲，認識簡雲還是最近的事——經過講起來相當有趣，

但不屬於這個「尋夢」的故事——我認識了簡雲之後，由於我們對同一的心理

現象有興趣，所以才會經常在一起。

我和簡雲都有興趣的問題是：男性進入中年時期之後，更年期的憂鬱、苦

悶，是不是可以通過環境的轉變而消失。

這本來是一個相當專門的心理學、生理學相聯結的研究課題。簡雲是這方

面的專家，我沒有資格和他作共同研究。

但是，我提出了一個新的見解，認為男性更年期，在生理學上來說根本不

存在，純粹是心理學上的問題，而且還和慣性的優裕生活有關。簡雲表示不同

意，這才使我和他一起，每天花一定的時間，在他的醫務所中，以「會診心理

學家」的身分，和他一起接見他的求診者。

這個研究課題相當沉悶，我只是說明，何以那天上午，當楊立群進來時，

我會在心理分析專家簡雲的醫務所。

楊立群的電話由護士接聽。那時，我和簡雲正在聆聽一個中年人說他和他

妻子在結婚三十年之後，如何愈來愈隔膜的情形，護士進來，低聲說道：「簡

博士，有一位楊立群先生，說有十分緊急的情形，要求立刻見你！」

簡雲皺了皺眉。別以為心理病不會有什麼急症，一個人心理上若是受到了嚴重的創傷，就需要緊急診治，和身體受到嚴重創傷一樣。

所以，簡雲向那個中年人暗示，他有緊急的事情要處理，那個中年人又嘮嘮叨叨講了十來分鐘，才帶着一臉無可奈何的神情離去。

中年人離去之後，門鈴響，腳步聲傳來，護士推開門，楊立群走了進來。

這是我第一次看到楊立群。

楊立群將上衣掛在臂彎上，神情焦躁不安之極。

他高大，也可以說英俊，這時雙眼失神，而且滿面全是因為汗珠而泛起的油光。他進門之後，先望了望我，又望了望簡雲，想要開口，可是卻沒有發出聲音。這種情形，不必說心理分析醫生，就算是一個普通人，也可以看得出他如何滿懷心事，焦躁不安，需要幫助。

簡雲先站了起來：「我是簡雲博士！」他又指着我：「這位是衛先生，是我的會診助手。」

楊立群點着頭，伸手在臉上抹拭着。

這時，簡雲已從一個冰筒中取出了一條毛巾給他抹臉，我也倒了一杯冰涼

的酒給他。

楊立群在喝了酒，抹了臉之後，神情鎮定了許多。簡雲請他在一張舒服的躺椅上躺下來。一般來說，來求教心理醫生的人，都在這張躺椅上，將自己的心事說出來。可是楊立群在躺下之後，忽然又坐直了身子，而且堅決不肯再躺下來。

楊立群的年紀還輕，顯然未曾到達男性更年期的年齡，我雖然看出他心境極不安，可是在這個大城市中，和他有同樣心情的人不知有多少，引不起我的興趣，所以我準備告辭了。

簡雲正在向楊立群作例行的問話，楊立群的聲音很大：「別問這些，告訴我，是不是有人──」

他說到這裏，喘起氣來，聲音十分急促：「是不是有人，老做同一個夢，夢境中的遭遇，全是一模一樣？」

我一聽得楊立群這樣說，心中「啊」地叫了一聲，立時打消了離開的念頭。我所以在突然之間改變了主意，理由講起來相當複雜，以後我自然會詳細解釋。簡單地說，因為在不到一個月之前，有人向我問過同樣的話！

我本來已走向門口，這時，轉回身，在一張椅子上坐了下來。

簡雲皺了皺眉，略托了托他所戴的那副黑邊眼鏡，這兩下動作，全是他的習慣性動作。他的聲音聽來誠懇。

他道：「做同樣的夢的例子很多，不足為奇。」

楊立群仍然喘着氣：「一生之中不斷做同樣的夢，最近發展到每天晚上都做同樣的夢，都受同樣夢境的困擾，也不足為奇？」

我陡地又直了直身子，我相信在那時候，我臉上的神情，一定驚訝之極。

至於我何以會忽然大受震動，原因是在不到一個月之前，有人向我說過幾乎同樣的話。

我在震動了一下之後，看到簡雲又托了托眼鏡，像是一時之間，不知道該如何回答才好，我忍不住脫口道：「是的，可以說不足為奇，我知道有一個人，和你一樣！」

楊立群立時向我望來，一臉困惑。簡雲也向我望來，有着責備的意味。我忙向簡雲作了一個手勢，表示我不會再胡亂插言，由他去應付求診者。

簡雲沉默了片刻，說道：「一般來說，夢境虛無縹緲，不至於給人帶來心

理上的困擾。」

楊立群苦笑了一下：「從童年時代開始就做這樣的夢，不知道做了多少遍，現在甚至每天晚上都做，那還不帶來心理上的困擾？」

簡雲的聲音聽來很平靜：「聽你這樣說，在這個夢境中，你的遭遇，好像很不愉快？」

楊立群又急速地喘起氣來，在他喘息期間，我注意到，他不但現出十分厭惡、恐懼的神情，而且，連額上的青筋，也現了出來。

他沒有直接回答，但等於已經回答了，在這個夢的夢境之中，他的遭遇，看來何止不愉快，簡直可怕。

簡雲向楊立群作了一個手勢：「將這個夢講出來，你心理上的負擔會比較輕。」

楊立群口唇掀動着，雙眼有點發直。

簡雲用近乎催眠師用的那種沉厚的聲調：「夢中的經歷，你一定記得？」

楊立群的身子開始發抖，聲音聽來也十分乾澀：「記得，每一個細節全記得。」

簡雲又道：「你從來未曾對任何人講起這個夢？」

楊立群用同樣的聲調道：「是的。」

簡雲道：「其實你早該對人說說你在夢中的遭遇。」

楊立群的神情更苦澀：「那……有什麼用！」

簡雲立時說：「將這個夢當作秘密，就會時刻記着它，這或許就是重複同一個夢的原因。如果講出來，秘密一公開，以後可能再也不會做同一個夢了。」

楊立群「哦」一聲，神情像是有了點希望。看他的情形，給這個夢折磨得很慘。他又呆了一會，在簡雲的示意下，終於躺了下來。

過了好一會，簡雲才安靜地問：「夢一開始的時候，你是在──」

簡雲的引導起了作用，楊立群立即接下去：「我在走路，一條小路，路兩旁全是樹，那種樹，除了在夢境中之外，從來也沒有見過，那種樹……」

簡雲聽到這裏，可能是感到楊立群敘述這種樹的形狀是沒有意義的，所以他向前略略俯了俯，我立時拉了拉他的衣袖，示意他由得楊立群講下去。

楊立群對那種樹，顯得十分疑惑。我相信他真的從來未曾看到過這樣的樹，這一點，從他遲疑的形容中，可以聽出來。

他繼續道：「這種樹的樹幹不是很粗，但是很直，樹幹上呈現一種褐灰色，有着粉白的感覺。樹葉是……心形的，葉面綠色，可是當風吹過來，葉底翻轉，卻是一種褐灰色。」

楊立群講到這裏，略頓了一頓，才又道：「如果你肯稍為花點時間，去查一查植物圖譜，你就可以發現，那是一種極普通的樹，在中國北部地區，幾乎隨處可見，那是白楊樹。」

我聽到這裏，歎了一聲：「這是什麼樹，我一直不知道。」

簡雲見我和楊立群討論起樹來，有點忍無可忍的感覺，因為他迫切需要楊立群講出他的夢境，一條小路旁有什麼樹，在心理分析專家看來，全然無關重要！

他揚起手來，想阻止我們繼續討論下去，可是我立時又將他揚起的手壓下。

簡雲的神情極不耐煩，楊立群倒像是很有興趣：「哦，那樣說，我做夢的所在地方，是中國的北方？」

我道：「那也不一定，白楊的分布地區極廣，在歐洲、北美洲也有的是。」

20

楊立群搖了搖頭，道：「不，我知道那是在中國，一定是在中國。」

簡雲催道：「請你繼續說下去。」

楊立群道：「我在這樣一條兩邊全是樹的小徑上走着，心裏好像很急，我一直不知自己在夢裏為什麼會有那樣焦急的心情，我好像是急着去看一個人——」

他講到這裏，頓了一頓，向我和簡雲兩人作了一個手勢，以加強語氣：「我在夢中見到的一切，全都可以記得清清楚楚，但是在夢中所做的一些事，為什麼要這樣做，卻始終迷迷糊糊。」

簡雲「嗯」地一聲：「很多夢境全那樣，你剛才說，你在夢中急急趕路，是要去見一個人。」

楊立群道：「好像是要見一個人。」

簡雲沒有說什麼，只是示意他再講下去。

楊立群停了片刻，才又道：「在那條小路的盡頭，是一座相當高大的牌坊，牌坊上面，刻着『貞節可風』四個字，是一座貞節牌坊，可能年代已很久遠，牌坊的下半部，石頭剝蝕，長滿了青苔。穿過這座牌坊，我繼續向前走，

前面是一堵灰磚砌成的牆，不很高，牆上也全是青苔，我沿着牆走，轉過牆

角，有一扇門，看來是圍牆的後門。

楊立群講到這裏，我已經忍不住發出了一下如同呻吟一樣的聲音。

簡雲向我望來，現出十分吃驚的神情，他繼續道：「那扇門，是木頭做的，很

我連忙吸了一口氣，伸手在臉上撫摸了一下：「沒有什麼，我很好。」

楊立群顯然沒有留意我神情如何，他繼續道：「那扇門，是木頭做的，很

殘舊。門虛掩着，不知道為什麼，我來到那扇門前的時候，心中會感到十分害

怕，可是我還是推開門，走了進去。」

他講到這裏，又停了一停，才又強調道：「每次我來到門前，都十分害

怕，也每一次都告訴自己：不要推門進去，可是每一次，結果都推門進去！」

簡雲沒有表示什麼意見，只是「嗯」了一聲。

楊立群繼續道：「一推門進去，是一片空地，空地上放着許多東西，有

的，像圓形的石頭，我知道那是一種古老的石磨，我還可以叫出另外一些東西

的名稱來，例如有一口井，井上有一個木架子，木架子上有轆轤，有水桶。可

是還有一點東西，我根本沒有見過，也不知道那是什麼東西。」

我問道：「例如哪些東西？」

楊立群用手比畫着：「有一個木架子，看來像是一個木槽，也像是放大了許多倍的鞋楦子，裏面有很多厚木片，放在一個牆角上。」

我喉間發出「咯」的一聲，那是我突如其來吞下了一口口水所發出來的聲音。

簡雲說道：「別打斷敘述。」

我立時道：「不！我要弄清楚每一個細節，因為事情非常特殊。像楊先生剛才講的那個東西，你能知道那是什麼？」

簡雲憤然道：「當然不知道，連楊先生也不知道，我怎麼會知道，你知道嗎？」

我的回答，是出乎簡雲的意料之外的，我立時道：「是，我知道。」

簡雲用一種奇怪的神情望着我。楊立群也以同樣的眼光望來，我不由自主歎了一聲：「那是一具古老的榨油槽，那些木片，一片一片，用力敲進槽去，將排列在槽中的蒸熟了的黃豆，榨擠出油來。」

楊立群急促地眨着眼，簡雲不住托眼鏡，一臉不信的神色。

楊立群反問我，說道：「我的形容不是很詳細，何以你這樣肯定？」

我道：「其間的緣故，我一定會對你說，不過不是現在，現在，請你繼續說下去。」

楊立群遲疑了片刻：「請問我這個夢，究竟代表了什麼？」

我道：「在你未曾全部敘述完畢之前，我無法作結論。」

楊立群又呆了片刻，才道：「那片空地，看來像是一個後院，我一進了後門，就走得十分急，以致在一個草包上絆了一交，那草包中裝的是黃豆。」

楊立群道：「我絆了一下之後，豆子給我踢了出來，我腳步不穩，踩在豆子之上，又向前滑了一交，跌在地上，令得一隻在地上的木輪，滾了出去，撞在前面的牆上，發出了一下聲響。」

楊立群苦笑了一下：「每次都一樣。」

我點了點頭，沒有說什麼。

楊立群又道：「我連忙掙扎着爬起來，再向前走。我來到牆前，靠着牆，站了一會，那建築物有一個相當大的磚砌成的煙囪。圍牆內，是一座矮建築物，心中好像更害怕，但我還是繼續向前走去，到了牆角，停了一停，轉過牆

角，看到了一扇打開了的門，然後，我急急向門口走去。」

楊立群講到這裏的時候，簡雲和他，都沒有注意我的神情。我這時，只覺得自背脊骨起，有一股涼意，直冒了起來。額頭沁汗，我伸手一摸，汗是冰涼的。

這時我的神情一定難看到了極點，我突然冒出了一句話來：「當你走進門去的時候，你有沒有聽到有人叫你的名字？」

楊立群本來是躺着在說話，敘述他的夢境，我突如其來問的那句話，令他像是遭到雷殛一樣，陡地坐起身來。

當他坐起身來之後，他的手指着我發抖，神情像是見到了鬼怪：「你……你怎麼會知道？你……怎麼會知道？」

簡雲看到了這樣的情形，忍不住也發出了一下呻吟聲：「天，你們兩人，誰是求診的病人？」

我忙道：「對不起，我不是有意的，請再繼續講下去，請講下去。」

過了好一會，楊立群才道：「是的，有人叫了我一下，叫的是一個十分奇怪的名字，我感到這個名字好像是在叫我，那個聲音叫的是：『小展！』」，我

並沒有停止，只是隨口應了一聲，就向門中走了進去。一進門，我就聞到了一股十分異樣的氣味。

簡雲一聽到這裏，陡地站了起來：「我看不必再講下去了。」

我忙道：「為什麼？」

簡雲俖然道：「沒有人會在夢中聞到氣味的。」

楊立群漲紅了臉：「我聞到，每次都聞到。」

簡雲歎了一口氣：「那麼你說說，你聞到的是什麼氣味？」

簡雲在這樣講的時候，語意之中，有着極其濃厚的諷刺意味在。

我在這時，也盯着楊立群，想聽他的回答。

楊立群的敍述，他在夢中的遭遇，已經引起了我極度的興趣。或者說，不單是引起了興趣，簡直是一種極度的驚訝和詫異，詭秘怪異莫名。

至於我為什麼會有這樣的感覺，我自然會說明白的。

楊立群呆了一呆：「我不知道，我不知道那是什麼氣味，我從來也沒有聞過這樣的怪味道，這種味道——」

楊立群還沒有講完，簡雲竟然忍不住吼叫了起來：「你根本不可能聞到什

麼氣味，那是你的幻覺！」

楊立群立時漲紅了臉：「不是！因為那氣味太怪，我一直想弄清楚，卻沒有結果。」

我作了一個手勢，不讓簡雲再吼叫下去，向楊立群道：「你當然無法弄清楚，現在要找一個發出這樣氣味的地方，至少在這個城市之中，根本沒有可能。」

簡雲聽得我這樣講，已經氣得出不了聲，楊立群則詫異莫名：「你……知道那是什麼氣味？」

我點頭道：「我不能絕對肯定，但是我可以知道，那種氣味，是蒸熟了的黃豆，被放在壓榨的工具上，榨出油來之後，變成豆餅之際所發出來的一種生的豆油味道。」

簡雲用手拍着額頭，拍得他的眼鏡向下落，他也忘了托上去。他一面拍，一面叫：「天！兩個瘋子！兩個不折不扣的瘋子！」

楊立群卻被我的話震懾住了，他定定地望了我半晌，才道：「對，我……我……我……」

他連說了三個「我」字，又停頓了一下，才用一種十分怪異的聲音道：「你

怎麼知道我是在一座油坊中？你怎樣知道我的夢？怎知我在夢中走進去的地

方，是一座油坊？」

我忙道：「別緊張，說穿了十分簡單，因為有人和你一樣，也老做同一個

夢，這個人向我敘述過夢境，在夢中，她就進入了油坊，而且我相信，就是你

曾經進入的那一座！」

楊立群的神情詫異更甚：「那個人……那個人……」

我道：「我一定介紹你們認識。」

楊立群又呆望了我半晌，他還未曾開口，簡雲已經道：「兩位是不是可以

不在我的診所中說瘋話？」

我歎了一聲：「簡雲，你聽到的不是瘋話，而是任何心理醫生夢寐以求的

一種極其玄妙的靈異現象，你要用心捕捉楊先生所說的每一個字。」

我這幾句話，說得極其嚴肅，簡雲呆了一呆，作了一個無可奈何的手勢，

不再驅逐我們。

楊立群又呆了片刻，才道：「在夢境中，我是一個叫作『小展』的人，因

為每個人都這樣叫我。」

他講到這裏，又苦笑了一下，道：「不過我並不知道這個『小展』是什麼樣子的，因為自始至終，我都沒有機會照鏡子。」

楊立群又躺了下來：「我進去之後，看到裏面有三個人。三個人全是男人，身形高大，有一個還留着一蓬絡腮鬍子，看起來極其威武，這個大鬍子，坐在一個極大……極大的石磨上。對了，我進去的地方，正是一具大石磨。」

「石磨在正中，左手邊的一個角落——」他講着，揮了揮左手，指了一指。

然後才又道：「左手邊，是一座灶，有好幾個灶口，灶上疊着相當大的蒸籠，也有極大的鍋，不過蒸籠東倒西歪。我進去的時候，一個瘦長子，就不住將一個蒸籠蓋在手中拋上拋下。還有一個人衣服最整齊，穿着一件長衫，手上還拿着一根旱煙袋。」

楊立群停了一停，才又道：「這根旱煙袋十分長，足有一公尺長，絕對比一個人的手臂長，在現實生活中，我從來也未曾見過那麼長的旱煙袋，我也一直在懷疑，那麼長的旱煙袋，如何點煙的。」

簡雲不耐煩道：「這好像可以慢慢討論。」

我瞪了簡雲一眼，拍了一下楊立群的肩頭：「有兩個方法，一個是叫人代點，一個是將一枝火柴擦着了，插在煙袋鍋上。」

楊立群呆了一呆，用力在躺椅上敲了一下：「是。我怎麼沒有想到這一點？」

簡雲又悶哼了一聲，我向簡雲道：「你要注意他的敘述。心理學家常說：日有所思，夜有所夢。可是楊立群先生的夢，和他的生活經歷全然無關，他在夢境中所看到的東西，有許多他根本未曾在現實生活中見過。」

簡雲的神情帶着諷刺：「不單是東西，還有他從來也未曾聞到過的氣味！」

我和楊立群都沒有理會他，楊立群續道：「我一進去，那個拿長煙袋的人，就用他的煙袋直指着我，神情十分憤怒，坐在磨盤上的那個大鬍子也跳了下來，和那瘦長子一起，向我逼過來。」

楊立群道：「我本來就十分害怕，到這時，更加害怕，我想退，可是大鬍子來到我的身後。拿煙袋的厲聲道『小展，你想玩什麼花樣？為什麼那麼遲才來？』在他喝問我的時候，大鬍子已在我的身後，揪住了我的胳膊！」

我聽到這裏，陡地怔了一怔，簡雲也是呆了一呆，陡地挺了一下身子。

30

我必須說明的是，這時，楊立群正在全神貫注地敘述着他的夢境，其間未曾有間斷，我和簡雲的反應，也未曾打斷他的話頭。

但是我卻必須在記述中將楊立群的話打斷一下，那時，我和簡雲兩人，感到驚愕的理由一致：楊立群在講述夢境，不知由什麼時候起，口音起了相當大的變化。

不單是他發出的聲音，和他原來的聲音聽來有異，而且，他所講的話，所用的句子，也和他原來使用的語言，大不相同。例如，他用了「揪住了我的胳膊」這樣的一句話，而且還帶着濃重的山東南部山區的口音，那是一句土語，用他原來慣用的語言來說，應該是「他拉住了我的手臂」。

而楊立群的這種轉變，顯然是出於自然，絕不是有心做作。

第二部

另一個角度看**怪夢**

簡雲是一個出色的心理學家，他自然可以知道這種現象不平凡。這種現象，十分怪異：一個人不自覺在心理上變成了另一個人。

簡雲在挺了一挺身子之後，他的神態，已不再那樣不耐煩，而變得十分凝重。

楊立群根本沒有發現我們有何異狀，只是自顧自在敘述：「拿煙袋的將煙袋鍋直伸到我的面前，裏面燒紅了的煙絲，在發出『滋滋』的聲響，幾乎要烙焦我的眉毛，他又喝道：『小展，快説出來，東西放在哪裏，我們五個人一起幹的，你想一個人獨吞，辦不到！』我害怕到了極點：『我⋯⋯真的不想獨吞！要是我起過獨吞的念頭，叫我天誅地滅，不得好死！』」

楊立群講到這裏，才停了一停，神情十分可怖，眼珠轉動着，而且不由自主喘着氣。停了好一會，才道：「拿煙袋的像是不信，那個瘦長子，忽然一翻手，手裏就多了一柄小刀，小刀極鋒利，在蒸籠蓋子上一劃，就劃穿了一道口子。接着，他就用小刀，在我的臉上比來比去──」

楊立群的神情更是害怕，臉上的肌肉，在不由自主地跳動着，好像這時，真有一柄鋒利的小刀，在他的臉上劃來劃去。

我和簡雲又互望了一眼，兩個人都沒有出聲。

楊立群雙手掩住了臉：「我早已說過，這夢境令人絕不愉快，接下來發生的事情更恐怖，他們，這瘦長子，拿煙袋的和大鬍子，他們三人，一直在逼問我一些東西的下落，我卻不說——」

當他講到這裏的時候，我插了一句：「你是不願意說，還是根本不知道？」

楊立群放下了掩臉的雙手，神情一片茫然：「我不知道，我心念十分模糊，不知道在夢裏我是不肯說，還是根本不知道他們問的是什麼！」

楊立群喘了幾口氣，聲音忽然發顫來：「接着，大鬍子就用力拗我的胳膊，瘦長子開始用刀柄打我的頭，拿煙袋的用膝蓋頂我的小腹，他們痛打我，打我……」

楊立群愈是說，聲音愈是發顫，神情也可怕之極，甚至額上也開始沁出汗來。

簡雲忙道：「請鎮定一些，那不過是夢境！」

簡雲連說了幾遍，楊立群才漸漸恢復了鎮定，可是神情仍然苦澀：「我應該告訴你們，每次夢醒了之後，我都感到被毆打後的痛楚，而且這種痛楚，一

次比一次強烈。昨天晚上在夢中被毆打，令我現在還感到痛。」

簡雲不由自主吸了一口氣，我知道他心中在想些什麼。在夢中受到了毆打，會感到被毆打的痛楚，那毫無疑問，是十分嚴重的精神分裂症。

楊立群伸手抹了抹汗，坐起身子，又躺下來，聲音有點斷續：「不過比起以後的發展來，受一頓打，不算什麼。

「他們打了又打，我不斷叫着。過了好一會，我被打得跌在地上，拿煙袋的在我面前，大鬍子伸腳踏住了我，我的口中全是血，他們三個人在商量着是不是要殺我，我心中害怕到極點。那拿煙袋的人道：『小展，你自己好好想一想，犯得着犯不着。』我還沒有說話，大鬍子已經道：『為了那婊子，你要死，我們會成全你。』」

我忙揮了揮手：「等一等，楊先生。你敘述得十分清楚，可是，在夢境中，他們對你所講的話，你究竟是不是清楚知道是什麼意思？」

楊立群苦笑了一下，道：「還是那種感覺，很模糊，不能肯定。」

我沒有再說什麼，楊立群被我打斷了話頭之後，停了片刻，才道：「拿煙袋的人又道：『你自己想清楚，下一次，我肯放過你，他們兩個也不肯。明天

這時候，我們仍舊在這裏會面！」

「他話一講完，揮着煙袋，和瘦長子、大鬍子一起向外走出去。大鬍子臨走的時候，神情仍然十分憤怒，在我腰眼裏踢了一腳。」

楊立群説到這裏，伸手按向腰際，神情十分痛楚，像是他的腰眼上，真的曾捱了重重一腳。

他的這種樣子，看在我和簡雲的眼裏，有點駭然之感。恰好他向我們望來，發現了我們詫異的神情，他苦笑了一下，坐起身，拉起了襯衣，露出他的腰際。我和簡雲不由自主，發出了「啊」地一下低呼聲。

在他的腰眼上，有着一塊拳頭大小的暗紅色。

一個人的肌膚上，有這樣的暗紅色，本來是一件極普通的事。暗紅色的、赭色的、青色的胎記，幾乎每一個人都有。

但是在才聽了楊立群的敘述之後，又看到了這樣的一塊「胎記」，那卻令人感到極度的詭異。

楊立群放下了襯衣，神情苦澀：「現在我還感到疼痛。我不知做過多少遍這個夢，在夢裏，我這個部位，也不知被踢了多少次，疼痛的感覺，一次比一

次尤甚。」

簡雲吸了一口氣，沒有說什麼，楊立群道：「簡醫生，你現在該知道，這個夢，如何干擾着我的生活？」

簡雲苦笑了一下：「整個夢境，就是那樣？」

楊立群搖頭道：「不，不止那樣，還有——」

簡雲已顯然對楊立群的夢感到了極度的興趣，他說道：「以後又發生了一些什麼事？請你繼續說下去。」

楊立群站了起來，自己去倒了一杯冰水，大口喝下，才又道：「他們三個人走了，我掙扎着，想站起來，但實在身上太痛，站不起來。就在這時，又一個人走了進來。」

楊立群雙眼睜得很大，氣息急促，聲音異樣。這種神情，可以使人一看就知道，又走進來的那個人，對在夢境中的他來說，一定十分重要。

我也極緊張。因為我曾在不久之前聽另一個人敘述夢境，夢境的經過，和楊立群所講的角度不同，但顯然是同一件事。

也就是說，楊立群所講的夢，我聽另一個人，從不同的角度敘述過。那另

一個人的夢，和楊立群的夢是同一件事，不過在夢中，他和楊立群是不同的兩個人。

這實在極其怪異。而這時，我心情特別緊張，是由於我相信，那個「走進來的人」，就是曾向我講述夢境的另一個人在夢中的身分。

我嚥下了一口口水：「那走進來的⋯⋯是一個女人？」

楊立群的神情本來已經夠緊張的了，一聽得我這樣問，他整個人彈跳了一下，吃驚地望着我，望了相當久，然後才道：「是的，一個女人！」

我長長地吁了一口氣，沒有再說什麼。楊立群又呆了半晌，才道：「進來的那個女人，腳步很輕巧，我本來已因為身上的痛楚，幾乎昏了過去，可是一看到她，我精神就陡地一振，居然掙扎着坐了起來。她也疾步來到我的身前，俯身下來，摟住了我，我緊緊靠着她，感到安全和快慰。」

簡雲「嗯」地一聲：「她是你的夢中情人！」

「夢中情人」這個詞，一般來說，不是這樣用法，但是簡雲這時用了這個詞，卻再恰當也沒有。在楊立群的夢境中，他是一個叫「小展」的人，而那個女人，照他的敘述，毫無疑問，是小展的情人。

楊立群立時點了點頭：「是的，我感到自己極愛她，肯為她做任何事情。

而且，我也模糊地感到，我已經為她做了一件很重要的事，我也在迫切地希望見到她，所以當她緊擁住我的時候，我向她斷續地說了一些話——」

楊立群向我望來，神情迷惘：「我記得在夢中對這個女人所說的每一個字，可是這些話，究竟是什麼意思，我卻不明白。」

簡雲道：「你只管說。」

楊立群道：「這個女人，十分美麗，神情妖冶而動人，我在直覺上，好像她的年紀比我大。因為她一來到我的身邊，摟住了我之後，一直在撫我的頭髮，吻我的臉頰，而且不斷地在說：『小展，小展，難為你了！』我就說：『翠蓮——』」

楊立群說到這裏，又停了下來，補充道：「這個女人的名字叫翠蓮，一定是，因為我自然而然這樣叫她。」

我和簡雲點頭，表示明白。楊立群道：「我說：『翠蓮，我沒有說，他們毒打我，可是我沒有說，為了你，我不會對他們說！』翠蓮一面用手撫着我的髮，一面親着我：『你對我真好！』我忍着痛，掙扎着也想去擁抱她，她忽然

道：『你今天不說，我可不敢保管你明天也不說。今天他們可能真要殺你，你也能不說？』

我聽到這裏，忍不住打了一個寒噤。

楊立群發覺了我的神態有異，向我望來，我怕他問我是不是知道他的夢境發展下去的結果，是以偏偏過了頭，不去看他。

楊立群並沒有向我發問，只是說：「當時我說：『不會的，翠蓮，我答應過不說就不說，我願意為你做任何事，甚至可以為你死！』翠蓮歎了一口氣：

『那我就放心了！』」

楊立群苦笑了一下：「我真想不到，在夢境中，我是一個那麼多情的小伙子！」

我和簡雲互看了一眼，沒有表示什麼意見。

楊立群的夢境，到了這時，已經漸漸明朗化了。在這個夢裏，一共有五個人，四男一女，四個男人是：拿旱煙袋的、大鬍子、瘦長子、小展；女的是翠蓮。這五個人，做了一件什麼事，得到了一些什麼東西。這東西的收藏地點，只有小展知道，那三個男人逼小展講出來，而小展不肯講。小展不肯講的原

因，是因為他曾答應過翠蓮不講。

而小展愛着翠蓮，翠蓮令他着迷，他甚至肯為翠蓮去死！

整個夢境發生的地點，是在中國北方的一個鄉村，極可能是山東省南部和江蘇省北部的交界地區，具體的地點，是一座油坊。

這的確是一個相當怪異的夢境。

楊立群在停頓了片刻之後：「翠蓮講完了她放心這句話之後，忽然又道：『那是你自己說的！你願意為我死！也只有你死了，心中的秘密，才不會有人知道！』我仍然心頭極熱：『是真的！』翠蓮道：『那太好了！』這是我聽到她講的最後一句話。」

簡雲吃驚道：「為什麼，那大鬍子又回來，將這個叫翠蓮的女人殺死了？」

楊立群笑了幾下，笑聲苦澀之極：「不是，她一講完了這句話，我就覺得心口一涼，眼前一陣發黑，什麼聲音也聽不到了，我甚至不知發生了什麼事。在我做這個夢的次數還沒有如此頻密之際，我真的不知道發生了什麼事情。但是，漸漸地，我卻知道了！」

簡雲神情駭然：「這個女人……殺了你？」

楊立群點頭道：「顯然是，夢到這裏為止，我醒來，而且，請你們看我左心口那個與生俱來的印記！」

楊立群一面說着，一面解開襯衣的扣子，露出他的胸脯來。

我和簡雲兩人，都可以看到，在他的胸口，左乳之下，大約是第五根肋骨和第六根肋骨之間，有一道看來簡直就是刀痕的紅色印記，大約四公分長，很窄的一條。

稍有常識的人，一看這個印記所在的部位，就可以知道，如果有一柄薄而鋒利的刀，從這個部位刺進去，被刺中的人，會立刻死亡，甚至在感到痛楚之前，就已經死了。

因為這個部位，恰好在心臟的正中。

而楊立群在夢中的情形，恰是如此：小展的心口忽然中了一刀，立刻死亡，楊立群的夢也醒了。當時，只有小展和翠蓮在一起，小展不是自己刺自己，那麼，刺死小展的，當然是翠蓮！

我和簡雲呆望着楊立群心口的紅記，半晌說不出話來。楊立群先開口：

「看，是不是像極了一個刀痕？」

簡雲「嗯」地一聲：「太像了！你在夢境中，是死在一個你愛的女人手裏！」

楊立群苦笑了一下：「是，這經歷，比被三個大漢拳打腳踢，更令人不愉快。」

簡雲挪了挪身子，接近楊立群一些：「你一直受着這個怪夢的侵擾，從來也沒有對任何人提起過？」

楊立群道：「沒有！」

簡雲問道：「你結了婚？婚姻生活怎麼樣？」

楊立群道：「結了婚，七年了。」然後他頓了頓：「從去年開始，婚姻生活就出現裂痕，到今天，幾乎已經完結，可是她不肯離婚。」

簡雲又問：「你對妻子也沒有講過這個夢境？」

楊立群搖頭道：「沒有，對你們，是我第一次對人講述！」

簡雲作了一個手勢：「你的婚姻生活不愉快，造成了你心理上的壓力，使得你的夢出現次數更多。在夢境裏，你被一個你所愛的人殺死，這反映了你潛意識中，對愛情、婚姻的失望，所以——」

簡雲用標準的心理分析醫生的口吻，一本正經地分析着楊立群的心理狀態，我在一旁聽着，實在忍耐不住了，大聲道：「醫生，你別忘記，他這個夢，從小就做，夢境根本沒有改變。在他童年的時候，有什麼對愛情、婚姻的失望？」

簡雲給我一番搶白，弄得一句話也說不上來，只是不斷地托他的眼鏡。

我立時又道：「楊先生的夢，不能用尋常的道理來解釋，因為太奇怪，單是他一個人做這樣的夢，還不奇特，而是另外有一個人，也做這樣的夢！」

楊立群迫不及待：「請你快點告訴我詳細的情形！」

我當然準備告訴楊立群詳細的情形，也好同時使簡雲知道，事情非比尋常，不是他所想像的心理問題那樣簡單。要說這另一個人，做同樣的夢，得從頭說起。

劉麗玲是一個時裝模特兒，二十六歲，正是女人最動人的年齡。劉麗玲一直就是一個美麗動人的女人，她出生時，是一個可愛動人的小女嬰，長大了，是可愛動人的小女孩，然後是可愛動人的少女，然後是可愛動人的女人。

劉麗玲不但美，而且她的美麗，正屬於這個時代的，她懂得修飾自己，也

的腿。

有很高的學歷，一百七十二公分的體高和標準的三圍，更有着一雙罕見修長

劉麗玲懂得許多現代的玩藝，音樂、文學修養也高，性情浪漫，喜愛鮮花

和海水，活躍於時裝界，看起來比實際年齡年輕得多。她一刻不懈地維持自己

的儀容整潔，永遠容光煥發。

這樣的一個美女，佔盡了天地間的靈氣，也享盡了天地間的一切福分，不

知道多少公子哥兒追逐她，以能得到她的青睞為榮。

劉麗玲有兩個秘密。

這兩個秘密，可以稱之為小秘密和大秘密。

小秘密是，劉麗玲在十八歲那年，結過一次婚。那是一次極不愉快的婚

姻，一時衝動，嫁給一個和她的性格、志趣、愛好全然不相同的人。當時，幾

乎沒有人不搖頭歎息，那個男人，甚至是樣子也極不起眼，接近猥瑣，連劉麗

玲自己也不明白，為什麼會和這樣的一個窩囊到了任何女人

這個男人的名字叫胡協成。請記住這個名字和這樣一個窩囊到了任何女人

無法忍受的男人，因為在整個故事之中，他佔有一定的地位。

這段不愉快的婚姻，維持了兩年，劉麗玲和胡協成分手。劉麗玲開始周遊列國，在世界各地環遊。

一直經歷了四年的遊歷，她又回來，在時裝界發展。四年世界各地的遊歷，令得她更成熟，更光芒四射，更加動人，也增進了許多知識，至少在語言方面的才能，已足以令人吃驚。

知道劉麗玲在多年之前有過這段不愉快婚姻的人不多。

幸運的是，在這兩年不愉快的婚姻中，劉麗玲沒有生育，她的身形，保持得比大多數少女更好。

曾經結過婚，是劉麗玲的小秘密。

劉麗玲的大秘密是，她經年累月，在有記憶的童年就開始，她不斷做同一個夢，而且，做同一個夢的次數，愈來愈是頻密，幾乎每天晚上都要做一次。

從來也沒有人知道，一個外表如此光采四射，在任何場合出現，都像明星一般燦爛的女人，內心會受到這樣一個怪夢如此深刻的滋擾，這種滋擾，令她痛苦莫名。

劉麗玲不曾對任何人講起過她內心所受到的困擾和痛苦，一直到兩個月

前，她才第一次對人說起，而聽眾只有兩個人：我和白素。

劉麗玲不是我的朋友，是白素的朋友。

白素和劉麗玲已認識多久了，我不知道，在白素帶她回家之前，我也沒有見過她，只是在報章、雜誌上，或是電視上看到過，她給我的印象，是極其能幹和神采飛揚的一個成功女性。

可是那天晚上，當白素扶着她進來，我從樓上下來，走到樓梯的一半，看到劉麗玲的時候，決沒有法子將她和平時的印象聯繫起來。我甚至根本沒有認出白素扶進來的是她。

我只看到，白素扶着一個哭泣着的女人走進來，那女人伏在白素的身上，而且，緊緊抱住了白素，頭靠在白素的頸上，背部在不斷抽搐，淚水已經將白素的衣服潤濕了一大片。

白素一面扶她進來，一面關上門。白素經常會做一點古裏古怪的事情，但是像這樣，扶着一個傷心欲絕的女人回家來，倒還是第一次，所以我也有點目瞪口呆的神情。白素一面扶着她坐下，一面向我望來：「沒見過人哭？」

我忙道：「當然見過，這位是——」

我一面說，一面裝着若無其事，腳步輕鬆地向下走來。當我走下樓梯之際，劉麗玲已經坐下來，她仍然在哭着，抽噎着，竭力想使自己鎮定，不想再繼續哭泣。

所以，當我向她走過去之際，她挺了挺身子，也抬起了頭來。

我嚇了一大跳，因為她本來化着濃妝，因為流淚，化妝化了開來，整個臉，像是一幅七彩繽紛的印象派圖畫！

她顯然也立時注意到了我愕然吃驚的神情，立時轉過頭去，同時，以一種在抽噎中的人，竭力想平抑心中悲痛的那種聲調道：「糟糕，我一定成了一個大花臉了！」

我聽出，她雖然盡一切的力量來表示輕鬆，可是這種情形，只有使人覺得她的心頭沉重和苦痛。

白素也沒有說什麼，只是找了一盒面巾，放在她的膝上。劉麗玲開始用紙巾將她臉上的化妝品抹乾淨。五分鐘之後，她再轉過頭來向着我。我直到這時，才認出她是什麼人來。

她仍然帶着淚痕，但是卻掩不住那股逼人而來的美麗。尤其是她那種傷

心、痛苦的表情，更令她的美麗，看來驚心動魄。

她向我勉強笑了一下：「對不起，衛先生，打擾你了。」

我攤了攤手：「能有劉小姐這樣大名鼎鼎的人物光臨，太榮幸了。」

劉麗玲又勉強笑了一下，白素道：「好了，別說客套話了。衛，麗玲有一個大麻煩，你要幫她。」

白素說得十分認真。而且，我也知道白素的性格，劉麗玲的這個「大麻煩」，如果她能單獨解決的話，她決不會帶劉麗玲來見我。

而世上如果她有什麼「大麻煩」，是白素無法單獨解決的話，那一定是真的不折不扣的大麻煩了。所以，剎那之間，我也不禁緊張起來，神情嚴肅：「什麼麻煩，我，我們一定盡力而為。」

劉麗玲苦笑了一下，她只是苦笑着，並沒有開口講話。看她異乎尋常的苦澀的神情，她像是不知如何開口說她的麻煩才好。

我向白素望去，白素指着劉麗玲：「她一直在做一個夢！」

我呆了一呆，不由自主，皺起了眉。女人有時會莫名其妙，但是白素卻從來也不會！

劉麗玲一直在做一個夢！

這是什麼話？簡直全然不可解。而且，一直在做一個夢，那又算是什麼

「大麻煩」？

在這樣的情形之下，我唯一的反應，只是「嗯」了一聲，接着，又「哦」了

一聲：「她一直在做夢？」

白素歎了一聲：「事情很怪。她一直在重複做一個同樣的夢。以前，大約

每年一次，後來愈來愈頻密，到最近甚至於每天重複一次。」

在白素這樣講的時候，我發現劉麗玲緊咬着下唇，現出十分害怕、厭惡和

痛苦交集的神情。

我道：「劉小姐的夢境，一定不很愉快？」

白素提高了聲音：「為了這個夢，她快要精神崩潰了。」

我向劉麗玲望去。她猶豫了一下：「這個夢極怪，在那個夢中，我是另外

一個人。」

人做夢，在夢裏是另一個人，那有什麼稀奇！莊子在夢裏，甚至是一隻

蝴蝶！

「夢一開始，我在一口井的旁邊，一口井，真正的井！」

我道：「井還有什麼真的假的？井，就是井！」

劉麗玲忙解釋道：「我的意思是說，這口井，唉，我該如何說才好呢？

我……我一直生活在城市，我從來也沒有見到過一口井真正的井。」

劉麗玲出身在一個富裕的家庭，一直在大城市生活，她一生之中，可能真的未曾看到過一口井。

劉麗玲看到我的神情像是明白了：「這口井，有着一圈圍牆一樣的井……圈？」

我點頭道：「是的，或者叫井欄，不必去深究名稱了，你在井旁幹什麼？」

我本來還想加上一句：「不見得是想跳下去吧！」可是我這句話，卻被劉麗玲臉上那種深切的悲哀，打了回來，沒有說出口。

劉麗玲的聲音之中，充滿了悵惘：「我也不知道我在井旁幹什麼，我雙手按在井……欄上，井欄上長滿了青苔，很滑，我俯身，向着井口，井很深，水面很平靜，我向下看去，可以很清楚地在井水中看到一個倒影，那是一個相當美麗的女人，我從來也沒有見過那麼異特的裝扮。」

她講到這裏，一臉迷惑不解的神情，向我望來。

照她的敍述，她在井水的倒影中看到的那個女人應該是夢中的她。

我忙道：「裝扮是——」

劉麗玲苦笑了一下：「她穿着一件碎花的短襖，中國式，可是她……那個在井水中倒影出來的女人，沒有將領子的扣子扣上，中國式的短襖，如果這樣穿法，很不莊重。」

我笑了一下：「劉小姐，不必研究服裝怎麼穿法了，你所説的怪異，就是因為她的領子扣子沒有扣上？」

劉麗玲忙道：「不，還有更怪的，她的頸上，有着幾道大約四公分長、半公分寬的紅印子！」

劉麗玲説到這裏，抬起頭向我望來，臉上的神情也更迷惑，同時，指着右額：「這裏，還貼了一種裝飾品，是一個像指甲大小，黑色的圓點——」

我聽到這裏，忍不住發出了「啊」地一聲響，站了起來，又立時坐了下去。

白素道：「聽出一點味道來了？」

我點了點頭，事情是有點怪。劉麗玲在夢中看到的井水中的倒影，那個女人的這種外形，在劉麗玲這樣生活背景的人來說，自然怪異。但是對我來說，儘管劉麗玲的形容不是很高明，可是只要略為想一想，就一點也不會覺得這個女人的造型怪異。

那是很普通的一種造型，在幾十年前中國北方，一般來說，有一種女人，被社會道德觀念和家庭婦女認作是「要不得的女人」（現在社會中也有這樣的女人），她們就喜歡作那樣的打扮：衣服的領扣不扣，露出頸來，而且在頸上，用瓦匙或是小錢，刮出幾道紅印，以增嬌媚。

至於劉麗玲所說的「一種裝飾品」、「指甲大小的黑色圓點」，老天，那是一塊小小的膏藥。

這塊小小的膏藥貼上去的作用，並不是表示她們有病，只是一種裝模作樣的嬌態！我所以會驚訝地站起來又坐下，是因為真正覺得奇怪。劉麗玲不可能遇見過這樣打扮的女人。這樣打扮的女人，早已經絕跡。我一面想，一面指着右額：「你所說的那個圓點，是一塊膏藥。」

劉麗玲道：「我從來也未曾見過這樣的女人，為什麼當我做夢，我對着井

水的時候，我會見到這樣一個女人？」

我想了一想，道：「這種造型，在以前，中國北方相當普遍，或許你是在什麼電影裏見過，印象深刻，所以才會在你的夢裏出現。」

劉麗玲呆了一會，然後，搖了搖頭，顯然並沒有接受我的解釋，但是也沒有和我爭辯，只是繼續道：「這個女人十分美麗，有一股濃艷的妖冶。這個女人……我應該說那是夢裏的我，當時從井中看着自己，心裏只覺得異常緊張，像是有一件重大的事，等我去決定。過了一會，我直起身來，用力踢開了井邊的一塊石頭，向前走去。我走在一條小路上，路兩邊全是農作物，走着走着，又來到了一條路上，路旁全是一種相當直的樹，樹葉的背面灰白色——」

白素補充了一句：「我看這種樹，一定是白楊。」

我當時不置可否地應了一聲，並不認為路旁的樹是白楊還是榆樹有什麼重要。但是當我在聽到楊立群敘述他的夢境，講到了路旁的那種樹，我心中的吃驚，不必細說，各位也可以了解。

劉麗玲神情惘然：「我不知道那是什麼樹，我只是順手摘下了一片樹葉，放在口裏含着，繼續向前走，經過了一座相當高大的牌坊，不知道為什麼，我

不是穿過牌坊的中間部分過去，而是繞過去，因為牌坊的旁邊，根本沒有路，

我繞過去的時候，一腳踏在一個凹坑中，跌了一交，腳踝扭了一下，很痛——

劉麗玲講到這裏，停了片刻：「每次當我做完同樣的夢，醒來之後，我就

像是真的跌過一交一樣，腳踝一直很痛。」

劉麗玲的話，我只是含含糊糊地聽着，因為這時，我心中在想別的事，而

且感到很吃驚。我做着手勢，吸引劉麗玲的注意，同時問道：「那牌坊……上

面應該有字，你可曾注意到？」

劉麗玲道：「有，上面是『貞節可風』四個字，我跌了一交之後，站起來，

向牌坊吐了一口口水，心裏很生氣。」

我和白素互望了一眼，白素向我作了一個無可奈何的手勢。劉麗玲看到了

白素的手勢，揚了揚眉，表示詢問。我和白素，都假裝沒看到她的這種詢問的

神情。

可能由於我們假裝得十分拙劣，所以給她看出來了。她用一種不滿的聲調

道：「兩位，這個夢，是我一生中最大的秘密，從來也未曾對任何人說起過。」

白素忙道：「多謝你對我們的信任。」

56

劉麗玲歎了一聲：「希望你們聽了之後，有什麼意見，不要保留。」

我道：「其實，也不是什麼，根據中國鄉村的一種古老觀念，有一種女人，不能在貞節牌坊下面經過，如果這樣做的話，被記念的那個貞節的女子，會對她不利，你在夢裏，自然而然繞着過去——」

劉麗玲不等我說完，就「啊」地一聲：「我明白了，在夢裏，在……那個夢裏，我是一個不正經的女人。」

我含糊其詞地道：「大抵是這樣。」

劉麗玲伸手在臉上撫摸了一下：「一定是這樣，因為我後來，還做了一件十分可怕的事。」

這時，我對劉麗玲的夢，已經感到了極度的興趣。趁她敘述停頓，我過去倒了一杯酒給她。

劉麗玲接過了酒杯來，她十分不安，有極度的困擾。可是她拿酒杯的姿態，喝酒的動作，仍然維持着優美。

她喝了一口酒：「我掙扎着起身，忍着腳脖拗上的疼痛——」

她講到這裏，我又陡地震了一震：「你說什麼？你剛才說什麼？」

劉麗玲怔了一怔，由於我的神情緊張，她又想不到什麼地方說錯了話，所以不知所以，我忙道：「你將剛才的話，再講一遍。」

劉麗玲道：「我站起來，忍着腳踝上的疼痛——」

我搖頭道：「剛才，你不是這樣講。」

劉麗玲用更不解的神情望着我，我提起腳來，指着腳踝：「剛才，你稱這個部位叫什麼？」

劉麗玲側了頭，想了極短的時間，才「啊」地一聲：「是啊，剛才我不說『腳踝』，而說『腳脖拐』，很奇怪，我⋯⋯也不知道為什麼會用這樣一個詞，可以這樣叫？」

我道：「這是中國北方的方言，你曾經學過這種方言？」

劉麗玲搖頭道：「沒有，那有什麼關係？」

我也不知道那有什麼關係，只是作了一個手勢，請她繼續講下去。

劉麗玲呆了片刻：「我一路向前走，心情愈來愈緊張，再向前走，前面是一道圍牆，走近去，看到牆角處，有人影一閃，走在我前面。」

劉麗玲道：「這時，我心中緊張到了極點，我連忙躲起來，躲在一叢矮樹

的後面，那種矮樹上有很硬的刺，我躲得太急了，一不小心，肩頭上被刺了一下——」

她講到這裏，伸手按着她的左肩，近胸口處，向我和白素望來，神情猶豫。

在她講到那種灌木上有刺的時候，我已經知道那是荊棘樹。我「啊」地一聲，說道：「那是荊棘，給它的刺刺中了，很痛！」

劉麗玲的神情仍然很猶豫：「會留下一個……疤痕？」

我呆了一呆，一時之間不知道她為什麼要這樣問。我想了一想：「這要看被刺到什麼程度，如果刺得深了，我想會留下疤痕。」

劉麗玲現出了一副欲言又止的神情，我笑了起來：「你在夢裏被刺了一下，不必擔心會留下疤痕。」

劉麗玲歎了一口氣：「兩位，說起來你們或者不相信，我被那尖刺刺中的地方，真的有一個疤痕。」

我大聲道：「不可能！」

這時，我已經被劉麗玲的敘述，帶進了迷幻境界，話講得極大聲，而且，現出了決不相信的神色。

劉麗玲又歎了一聲。那天晚上，她穿的是一件淺米灰色的絲質襯衣，十分高貴。她解開襯衣的扣子，我看到了那個「疤痕」。

「疤痕」並不大，位置恰好在她的胸圍之上、肩頭之下，近胸處，就是她剛才指着的位置。其實，那也不算是什麼「疤痕」，只是一個黑褐色的印記，劉麗玲是一個美人，肌膚白膩，這個印記，看來礙眼。

她立時掩起了衣服，抬起頭，以一種徵詢的眼光，望着我和白素。我立時道：「這是胎記，每個人都會有，不足為奇。」

劉麗玲道：「恰好生在我夢裏被刺刺中的地方？」

我已經準備好了答案：「你倒果為因了！正因為你從小就有這樣的一個印記，所以你才會在夢中，恰好就在那地方被刺刺了一下。」

劉麗玲的反應，和上次一樣，仍是搖着頭，不接受我的解釋，可是又不說什麼。

白素輕輕咳了一下：「看起來，那個印記，真像是尖刺刺出來的。」

劉麗玲苦笑着：「當時我也不覺得痛，可能因為太緊張，我只是順手從腋下抽出了一條花手巾，將手巾放進衣服，掩住了傷口。我一直向前看着，看到

前面那個人，轉過了牆角，我就立刻離開了藏身的矮樹叢，走向前去。」

我用心聽着，同時留意劉麗玲臉上神情的變化。我發現她愈說愈緊張，像是真的一樣。

她的雙手緊握着拳，甚至身子也在發抖。

第三部

前生的孽債

在那一刹間，我想到了許多精神病上的名詞，如「精神分裂」、「雙重性格」之類。但是全都不得要領，只得聽她繼續講下去。

劉麗玲又道：「我來到牆角處，探頭向前看，看到前面的那個人，在一扇半開的木門前，神情像是很害怕，不能決定是不是要進去，那是一個小伙子，年紀大約二十多歲，有點愣頭愣腦，傻不里幾的——」

她講到這裏，又停下來，重複地說道：「傻不里幾，傻不里幾……」

我道：「這是北方話，形容一個人，有點傻氣。」

劉麗玲神情迷惘，顯然她自己也不明白何以會選擇了這樣一個形容詞。我突然起了一種異樣的感覺。因為我想到劉麗玲在夢中，看到那小伙子的時候，她心中一定想到那小伙子有點「傻不里幾」，所以她才會自然而然講了出來。

可是，為什麼劉麗玲在夢中會用一種她平時絕不熟悉的語言？這真有點怪不可言。

劉麗玲又喝了一口酒，轉着酒杯：「那小伙子終於走了進去。他一進了門，我就急急跟了過去，在門口，我停了下來，向內看。門內是一個院子，堆着很多奇形怪狀的東西。」

64

我作了一個手勢，道：「例如什麼？」

劉麗玲皺起了眉，道：「很難形容，有的，是圓形的大石頭，有的是一個草織成的袋子，裏面放着東西，還有一個是木槽——」

劉麗玲順手移過一張紙來，取出筆，在紙上畫着那種「木槽」的形狀。

（我在聽楊立群敘述他的夢境時，一提起那種木槽，我就告訴他，那是一種古老的油坊之中，用來榨油的一種工具。但當時，即使劉麗玲畫出來了，我仍然不知道那是什麼。直到她再向下講，使我知道她是在一個油坊中，我才知道那木槽是什麼。）

（各位現在一定也已經明白，楊立群的夢，和劉麗玲的夢，是同樣的一件事，經由兩個人由不同的角度來體驗。）

（我在聽楊立群講到一小半的時候，已經明白了這一點。一個夢境，兩個人的夢境，竟像是實際發生過的事，分別由兩個人自不同的角度來體驗，我一生中遇到的怪事之中，堪稱第一。）

（所以，我聽楊立群講述的時候，心中驚駭莫名，舉止失常。）

（當時，我和白素看着劉麗玲畫出來的那個木槽，都沒有什麼話好說，因為

我們都不知道那是什麼。

劉麗玲又道那「在院子前面，是一幢矮建築物，可是有一個極大的煙囪。

那小伙子向前走着，忽然在一個草包上絆了一交，踢穿了草包，自草包中滾出許多豆子來，當時，我看到他跌在地上，叫了他一聲。

我聽到這裏，不得不打斷她的話頭：「等一等，你叫他？」

劉麗玲點着頭。

我道：「你⋯⋯認識他？」

劉麗玲道：「我想應該是的，但是這種感覺十分模糊，我不能肯定，可是我卻能叫他。」

我問道：「你叫他什麼？」

劉麗玲神情十分古怪：「我⋯⋯叫他⋯⋯『小展』，這是什麼意思？」

我吸了一口氣：「這小伙子姓展。」

劉麗玲道：「姓展？有人姓這種姓？」

我道：「當然有，七俠五義中的主要人物，南俠展昭，就姓展，在山東省，那是一個相當普通的姓氏，是一個大族。」

劉麗玲眨着眼，「我叫了他一聲，他怔了一怔，而我又十分後悔，覺得不應該叫他，便縮回身子，那小伙子……小展在起身之後，回頭看了一看，就走進了建築物之中，而我，則伸手按住自己的腰間——」

我攤了攤手，表示不明白她何以要伸手按住自己的腰間——」

劉麗玲道：「我的腰際，在我的上衣之下，很寬的袴帶之中，插着一柄小刀，我的手按上去，可以感到又冷又硬的刀身，這種感覺……這種感覺——」

她講到這裏，又不由自主地氣息急促起來：「感覺太真實，一想起來就害怕。」

我道：「這真是一個怪夢，怎麼夢中的一切，記得那麼詳細？」

劉麗玲道：「我重複做了幾百次，每一個細節，都記得清清楚楚。」

白素歎了一聲，充滿了同情。

我第一次聽一個人敘述她做了幾百次的一個夢，我感到，最大的可能，是由於看過一本書，或是電影，書或電影給了她極深的印象所致。

劉麗玲講到她的手，碰到了寒冷而又鋒利的刀身時，身子微微發抖，也在

不由自主喘着氣，神情極其緊張。

為了使氣氛輕鬆一點，我道：「你在夢中帶着一柄刀幹什麼？在夢中，你是一個行俠仗義的女俠？」

劉麗玲非但一點也不欣賞我的「幽默」，而且她是不是聽到了我在說些什麼，也有疑問。她自顧自道：「我碰了碰那柄插在腰際的刀，心中只是模糊地感到，要用這柄刀，來做一件大事，至於是什麼事，我在那時，還說不上來。

雖然……雖然……」

她講到這裏，聲音變得更顫抖，人也抖得更厲害，才道：「雖然我終於做了出來。」

我又想開口，但白素迅速按住了我的手臂，不讓我說什麼，我望着劉麗玲，發現劉麗玲美麗的臉龐，現出了一種極其深切的悲哀。那種悲哀，像是混合着無窮無盡的驚悸和恐懼，使人看了，無法不同情她心中的痛苦。我也不由自主，歎了一聲，喃喃地道：「一柄鋒利的刀，可以做出很可怕的事情！」

我講這句話的聲音很低，可是劉麗玲卻聽到了，她的身子陡地震動了一下，抬頭向我望來，又立時低下頭去：「我肯定了那柄刀還在我腰上，放輕手

腳，向前走去。我穿的鞋子，鞋底很薄，當我踏過那些散落在地上的豆子時，可以感到一粒粒的黃豆，在我的腳下，被我踏碎。我來到前面那個建築物之前，聽到了一連串粗魯的呼喝聲。

劉麗玲又抬頭向我望了一眼，我沒有說什麼，只是作了一個手勢。

劉麗玲道：「我加快腳步，走過去，先是貼牆站着，只聽得裏面不斷傳來呼喝聲，那個小伙子則不斷說：『我不知道，我不知道。』真奇怪，當時我的心情極極緊張，可是聽到那小伙子……小展說『我不知道』，就放心得多。」

我聽到這裏，歎了一聲：「劉小姐，你的敍述，很容易使人產生概念上的模糊，在夢裏，你好像只知道行動，而不知道為什麼要行動？」

劉麗玲想了好一會，才道：「的確是那樣，我要做一件事，可是為什麼要這樣做，我卻說不上來。我也有各種各樣的感覺，可是為什麼會有這樣的感覺，也一樣沒有解釋。」

我沒有再問下去，劉麗玲再喝一口酒：「當時我心中緊張，害怕，一顆心提起又放下，不知道有多少次。過了沒有多久，裏面突然傳出了小展的慘叫聲，和毆打聲，我走近了幾步，走近一個窗口，將蓋在窗上的蓆子，揭開了一

點，向內看去。我首先聞到一股極怪的味道，接着，我看到有三個人，正在狠狠地打小展。那三個人……那三個人……」

劉麗玲的身子又發起抖來，白素伸手，按住她的肩頭。劉麗玲歎了一聲：

「這三個人的樣子，實在太古怪，我從來也沒有見過這樣的人！」

我皺着眉，聽她講下去。劉麗玲就形容這三個人的樣子。當時，她形容得十分詳細，但我不必再重複了，因為她說的那三個人，就是楊立群口中的瘦長子、絡腮鬍子和那個拿旱煙袋的。

這三個人，其實也並不是怎麼「造型古怪」，不過從小在繁華的南方大都市中長大，家境富裕，生活洋化的劉麗玲，當然從來也未曾見過這樣的人。當時，從她的形容中，我已經可以知道，這三個人，是中國北方鄉鎮中的「混混」，介乎流氓和土匪之間的不務正業之徒。

當時我聽了劉麗玲的敘述之後說：「對，這樣的人物，你在現實生活中，不可能遇到。」

我這樣說，是在強烈的暗示她，在現實生活中不可能遇到，但是在藝術作品中，可能「遇」到。劉麗玲很聰明，她立即明白了我的意思，想了一想：「在

其他生活方面，我也沒有遇到過這樣的人，只有在夢中，我才清楚地看見他們，他們活生生地在我面前，我不但可以看到他們額上現起的青筋，而且可以聞到他們身上發出來的汗臭味！」

我緩緩地吸了一口氣，這種經驗，的確不是怎麼愉快，我道：「事情發展下去——」

劉麗玲道：「他們三個人，不斷打着小展，呼喝着，像是在逼問小展，一些東西放在什麼地方。小展卻咬緊牙關捱着打，不肯說。拳腳擊打在身體上的那種聲音，真是可怕極了，血在飛濺，可是那三個人卻一點也沒有住手的意思——」

劉麗玲講到這裏，面肉在不由自主抽搐着。在一個美麗的女人的臉上，現出這種種神情來，是一件相當可怕的事，我扭過頭去，不忍去看她。

可是劉麗玲發顫的聲音，聽來一樣令人不舒服，她在繼續道：「當時，我只感到，小展是不是挺得下去，對我有很大的關係——」

她又頓了一頓，才道：「究竟會有什麼關係，我也說不上來。」

我道：「我明白，你在夢中，化身為另一個人，你有這個人的視覺、聽覺

和其他可以實在感到的感覺，但是對這個人的思想感情，卻不是太具體，太清晰。」

「是這樣。那三個人打了小展好久，沒有結果，又發狠講了幾句話，忽然走了，留下小展一個人在那建築物中，我在他們三人走出來時，心跳得極其劇烈，我大口喘着氣，幸而他們三人沒有發現我。」

「他們向外走去，我離他們最近的時候，不過兩三步，他們在講話，我可以聽得到。那拿旱煙袋的說：『小展叫那臭婊子迷住了！』大鬍子很憤怒：『我們就去找！』拿旱煙袋的悶哼一聲：『不知躲在哪裏，我看她是到徐州去了！』」

我聽到這裏，不禁發出了「啊」地一聲，指着劉麗玲：「你聽清楚了，是徐州？」

劉麗玲道：「絕沒有錯。我小時候，不知道徐州是什麼地方，也沒有在意，由於我一直在做這個夢，夢中的一切，似乎全是虛無縹緲，抓不住的，只有這個地名，實實在在的，所以我曾經查過，在中國，的確有這樣的一個地方。」

我有點啼笑皆非：「徐州是一個很出名的地方，在中國山東省、江蘇省交

界，歷來兵家必爭之地。」

劉麗玲現出一個抱歉的神情來，道：「我不知道，我還是根據拼音，在地圖上查出來的。」

我愈聽愈有興趣，一個從來不在劉麗玲知識範圍內的地名，會在她的夢中出現，這事情，不是多少有點古怪麼？

劉麗玲續道：「到徐州去了，也能把她找回來？」大鬍子惡狠狠地道：『找到了那臭婊子，把她和小展一起蒸熟了，放在磨裏磨碎了榨油，他奶奶的！』我當時嚇得連大氣也不敢出，好不容易，等這三人出了圍牆，我才連忙走進那建築物，小展倒在地上呻吟，一看到我，就掙扎着要坐起來，我連忙過去扶起他，他望着我，雖然他滿臉血污，可是他望着我的時候，眼神之中，卻充滿了歡愉——」

劉麗玲突然歎了一聲，向白素看過去：「我感情很豐富，從少女時代起，就不斷有異性追求我。」

我不明白劉麗玲何以忽然之間轉變了話題。

可是白素卻十分明白，她立即道：「你的意思，一個男人，只有全心全意

地愛着一個女人，他望着他心愛的女人，眼中才會流露這樣的神采？」

劉麗玲歎了一聲：「是的，這些年來，對我說過愛我的男人，不知有多少，可是我卻沒有在任何一個人的眼中，看到過夢裏小展望着我的那種眼神。這使我知道，他們口中雖然說愛我，但是心裏，多少還有點保留。」

我不禁苦笑了一下，心想，劉麗玲的精神狀態不正常，她的追求者也真是倒楣，天下哪有女人拿夢裏一個男人的眼光來衡量愛情的深淺！

劉麗玲又歎了一聲：「他望着我，一直在説：『我沒有説，翠蓮，我沒有説！』在夢裏，我的名字，好像就是翠蓮，因為小展一直這樣叫我。我當時的心情，十分緊張，連自己也不知道講了些什麼，小展也不斷在講話，我只感到心中有一件十分重大的事，需要決定，而又有點難以決定。就在這時，小展忽然説：『我願意為你做任何事，甚至願意為你死！』我心中暗歎了一聲，心想，那可是你自己説的。」

劉麗玲的聲音愈來愈尖銳，聽來詭異莫名，有一種令人不寒而慄的感覺。

她在繼續説着，道：「我一想到這一點，一面摟着他，他的神情，充滿了滿足和歡愉，可是我另一隻手，卻已將插在腰際的一柄刀，取了出來，就在他

望着我的時候，我一刀插進了他的心口！」

講到最後一句的時候，劉麗玲的聲音，逼尖了喉嚨叫出來。聽了之後，感到了極度的不舒服。

我不由自主，站了起來，說道：「劉小姐，你休息一下，再往下講。」

劉麗玲喘着氣：「快完了，那個夢快完了。我……一刀刺了進去，小展他……雙眼立時變得靜止，可是在臨死之前，他的眼神卻起了變化，他盯着我，還是那一雙眼睛，在一刹那之前，這雙眼睛中的神情，卻充滿了怨恨、憐憫、悲苦……我實在說不上來，說不上來……」

劉麗玲用雙手掩住了臉，嗚咽地抽噎起來，全身都在發抖。我忙道：

「好了，一般來說，噩夢總是在最可怕的時候停止，你的夢也該醒了？」

劉麗玲仍在抽噎着，一直過了三四分鐘，她才放下了掩住臉的雙手，滿面淚痕：「是的，在夢裏，我殺了一個人，一個叫做小展的年輕人。可是這還不是這個夢最可怕的部分。這個夢……」

她又停了片刻，才道：「這個夢最可怕的是，小展……在我一刀刺進他的心口之後，他望着我的那種眼光，一直印在我的腦中，到後來，每次夢醒，如果是在黑暗之中，或甚至明明醒了，眼睛睜得極大，可是我卻一樣可以看到有一雙充滿了這種眼光的眼睛在望着我，我……到後來，根本不敢熄燈睡覺。可是情形愈來愈嚴重，甚至我一閉上眼，我就感到小展用這樣的眼光在看我。」

劉麗玲一面講，一面哭着，神情極度張皇無依。我歎了一聲：「劉小姐，這全是心理作用！何必讓一個夢這樣困擾你？」

劉麗玲揚了揚頭，現出了一種看來比較堅強的神情來：「你不明白，你完全不明白。」

對於劉麗玲這樣的指責，我倒也無從反駁起，因為做這樣的夢的不是我，我當然不會明白做夢人的感受。而且，我也不打算去明白，因為看情形，劉麗玲有嚴重的神經衰弱。她外表看來美麗、堅強、成功，事實上，她的內心，空虛莫名，心靈無所歸依，才會做這樣的怪夢。

這是我當時的結論，我不是醫生，當然也不能幫她什麼，只是說了一連串空泛的安慰話，而當我說這些話的時候，劉麗玲不斷搖頭，直到我自己也感到

乏味，不自覺地打了一個呵欠，劉麗玲站了起來，她臉上的淚痕也乾了，告辭離去，白素送她出門，我自己上了樓。

白素很快就回來了，我正準備向牀上躺下去，白素將我拉了起來：「你不覺得劉麗玲的夢很怪？」

我悶哼了一聲：「在大都市中享受優裕生活太久，才會有這樣的怪夢。」

白素手托着下頦：「我倒不這樣想，她一直不斷做這樣的夢，一定有原因。」

我「哈哈」笑了起來：「有原因？什麼原因？那是一種預兆，一種預感，表示她日後真會殺死一個姓展的小伙子？」

白素神情惱怒：「我發現你根本沒有用心聽她敘述。」

我立時抗議：「當然我聽得很仔細。」

白素道：「如果你聽仔細了，你就不會說那是她的一種預感，你會留意到，在她夢境中出現的人物和事情，是過去，相當久以前的事。」

我「呵呵」一聲：「是麼？那又表示什麼？表示她殺過一個人？」

白素卻十分嚴肅：「我想是這樣，她真的曾經殺過一個人！」

我實在忍不住笑，一面笑，一面用手指着白素，可是白素的神情一直那麼正經，以致當我笑到一半的時候，再也笑不下去。

我笑不下去的原因，一半是由於白素嚴肅的神情，另一半，是由於突然之間，起了一個突如其來的念頭，像是雷殛一樣，令我全身發麻，剎那之間，不但笑不出，連話也講不出。

我望着白素，神情一定古怪之極，白素也望着我，過了好一會，她才道：

「你也想到了？」

我喃喃地道：「原來⋯⋯原來你早想到了。」

白素說道：「是的，我早想到了。」

我全身只覺得極度的緊張，張開口，大口喘着氣，然後，小心地選擇着字眼：「你的意思是，劉麗玲的夢，是她曾經有過的經歷？」

白素點着頭，以鼓勵的眼光望着我，要我繼續向下講下去。我又吸了幾口氣：「這種經歷，其實也不是發生在劉麗玲身上的，而是發生在一個叫作翠蓮的女人身上，而這個翠蓮，有可能是劉麗玲的⋯⋯是劉麗玲的⋯⋯」

我重複了兩次，竟然沒有勇氣將這句話講完。白素歎了一聲：「這兩個

字，不見得那麼難出口吧？我的意思是，那個叫翠蓮的女人，是劉麗玲的前生！」

我所遲疑着講不出口來的那兩個字，就是「前生」。一個人，有前生，這是由來以久的說法，古今中外都有，說法大致相同。肯定人死了之後，肉體消滅，靈魂不滅。靈魂不滅，找到新的肉體，又開始人的生活，那麼，上一次的生活，就稱之為「前生」。

雖然這種說法由來已久，但是一直未曾有過正式的研究，被列入玄學或靈學範疇之內。近年來，有不少學者，致力研究，但大都也不過根據當事人敍述的一些紀錄。譬如說，英國就有一個婦女，進入法國一個宮廷的後花園，感到自己到過這地方，而在經過了催眠之後，她說出，她是千年前的一個宮女，甚至完全可以記得當時的宮廷生活，等等。

這種例子相當多，根據這種例子出版的書，也有好幾十種。

那只不過是一種紀錄，由人講出來，問題就很多：講述人可信程度如何？是不是有巧合的成分在內？是不是人的潛意識作用？等等問題，都使得「前生」這件事，不能有結論。

當然，有很多人，包括許多著名學者在內，已經十分肯定人有前生，靈魂不滅。我絕想不到，聽一個人說他的夢境，結果竟然會牽涉到這樣玄妙的問題。

一個人，和他的前生，這種屬於靈異世界的事，給人的感覺，極其奇妙，不知如何應付才好。

白素看到我在發怔，笑了一下：「你為什麼這樣緊張？像劉麗玲這樣的例子，雖然還未曾有過紀錄，但是我相信那一定是她前生的經歷，她前生，是一個叫作翠蓮的女人，根據她這個夢來看，這個翠蓮，不是什麼正經女人，甚至殺人！」

我苦笑了一下，忽然想到了一個更玄妙的問題：「那難道劉麗玲要對她前生的行為負責？」

白素想了片刻：「這不是負不負責的問題，而是，而是，而是……」

白素蹙着眉，像是一時之間不知道如何措詞才恰當。我道：「你想說什麼？還債？報應？孽債？」

白素陡地一揚手：「孽債這個名詞比較適合。她前生殺了一個人，這個人

臨死的眼神，在她今生的夢中不斷出現，這正是一種債項。她用她今生的痛苦，來償還她前生的罪孽！」

我苦笑了一下：「好了，愈說愈玄了。如果是這樣，我們根本無法幫助她。」

白素攤開手：「我沒有說過可以幫助她，只是要她將心中的痛苦講出來，或許，她不會再做這個夢。」

劉麗玲是不是還做那個夢，我不知道，因為事後，白素沒有再向我提起她，也沒有再帶她回來。

一直到我遇到楊立群之前，對於劉麗玲的夢是她前生經歷，我也不能十分肯定，只是抱着懷疑的態度。在這期間，我和幾個朋友討論過，意見很不一致。

在聽了楊立群的敘述之後，整件事就完全不同了。

楊立群的夢，和劉麗玲的夢，顯然有着聯繫。楊立群在夢中，是一個叫小展的年輕人，被殺。劉麗玲在夢中，是一個叫翠蓮的女人，殺人。

他們兩人，各自做各自的夢，可是兩個人的夢，是同一回事！

由於這一點，什麼「日有所思」，什麼「潛意識」等等的解釋，全都要推翻，唯一的解釋：是那是他們兩人前生的經歷！

所以，當我在聽楊立群敘述之際，心中驚駭，等到楊立群講完，我就將劉麗玲的夢境，講了出來。

我只講到一半的時候，心理學家簡雲已經目瞪口呆，楊立群更不住地搓着手。

等我講完，楊立群的面色灰敗，他用呻吟一樣的聲音道：「衛先生，這⋯⋯這是什麼意思？怎麼會有這樣的事？」

我歎了一口氣，先不發表我的意見，而向簡雲望去，想聽聽他這個心理學專家的意見。

簡雲皺着眉，來回踱步，踱了好久：「如果我不是確知衛斯理的為人，一定以為他在說謊。」

我沒好氣地道：「謝謝你，我們，現在，要聽你這個專家的意見。」

簡雲道：「除非，真有他們兩人夢境中經歷的那段事發生過。」

我緊接着問：「如果是，又怎麼樣？」

簡雲無目的地揮着手：「我不知該怎麼説才好，真不知該怎麼説才好，我想，那件事，發生在相當久之前，當時的那幾個人……小展……翠蓮什麼的，一定早已死了……」

楊立群有點不耐煩：「你究竟想説什麼？請痛快點説出來，小展當然死了，是叫人殺死的。」

簡雲苦笑了一下：「有一派學者，認為靈魂不滅，會轉世投胎──」

簡雲説到這裏，停了一停，像是作為一個專家，忽然這樣講，非常有失身分，連臉都紅了起來。

楊立群相當敏感，立時「啊」地一聲：「難道這是我……前生的事？」

簡雲的神情更艦尬忸怩，好像是在課室之中答錯了問題的女學生。我立時道：「可能是！」

楊立群呆了一呆，「哈哈」笑了起來：「原來我前生被一個女人殺死！」他講到這裏，突然一本正經向我望來：「衛先生，那個對你講述夢境的另一個人是什麼人？是男？是女？他前生殺過我，我今生應該可以找他報仇？」

楊立群看起來，像是在説笑話，可是我卻笑不出來。非但笑不出來，而且

有一種陰森的感覺。

在這裏，必須說明一下，由於當日在聽了劉麗玲的敘述之後，我和白素曾討論到「果報」、「孽債」等問題。所以，我在向楊立群和簡雲講及劉麗玲的夢時，根本沒有說到劉麗玲的名字，甚至也沒有說明這個做夢的人是男，是女。

本來，我真的準備介紹楊立群和劉麗玲相識，因為他們兩人的夢境，如此奇妙地相合，如果承認前生，在前生，他們一個是殺人兇手，另一個是被害者，這極有趣。

可是一聽到楊立群這樣說法，我卻有一種不寒而慄的感覺，人世間的恩怨本來已經夠多，如果前生的恩怨，積累到今生，那太可怕了！劉麗玲感到小展臨死時的眼光一直在向她報復，楊立群又這樣講，這使我在剎那之間，完全打消了讓他們兩人見面的意圖。

我笑了笑：「算了吧，我不認為你和那個人見了面，有什麼好處。」

楊立群卻堅持着：「當然有好處，我們可以一起討論這個奇特的夢境，因為我們兩人，都對這個夢那麼熟，這一定很有趣。」

我還是搖着頭，楊立群叫了起來：「你答應過，介紹這個人給我認識。」

我的神情有點無可奈何：「是，我答應過，但是我現在改變了主意。」

楊立群盯着我：「為了什麼？」

我很難回答他的這個問題，只好攤了攤手：「我不想回答。」

楊立群陡然大聲道：「我知道，你怕我一見到這個人，就回刺他一刀，將他刺死。」

我一聽得楊立群這樣說，不禁乾笑了幾聲。

我雖然不是怕他見到了劉麗玲之後刺她一刀，但總也有點類似的擔心。

我想了一想：「楊先生，你一直受這個夢的困擾，你來看簡博士，目的是想減輕精神上的負擔，我相信現在一定減輕——」

楊立群一揮手，粗暴地打斷我的話題：「不，更嚴重。你不知道做這個夢的痛苦，我一定要找到那殺我的人——」

他講到這裏，突然停了下來，神情極其古怪，是他連自己都感到吃驚的那種樣子。簡雲和我，自然更加吃驚，一起望定了他。

楊立群當然也感到自己的失言，他呆了半晌：「我並不想報仇，只是想減

少痛苦。」

我吸了一口氣：「在夢中你捱那一刀，並沒有痛苦，痛苦的是被那三個人打。」

楊立群低下頭去，然後，又緩緩抬起頭來，歎了一聲：「不！剛才我向你們敘述夢境，隱瞞了最重要的一點，我⋯⋯中刀之後，並不是立刻就死，而是還有一個短暫時間的清醒——」

楊立群講到這裏，不由自主，發出一下類似抽搐的聲音。這種聲音起自他的喉間，他的喉結，也在急速地上下移動。就像是他的心口中了一刀，血湧了上來，在他的喉際打轉，情景真是詭異到了極點。

我和簡雲屏住氣息，望着他。他一直抽搐着，喘着氣，竟難以講下去。我不禁歎了一聲：「你不說，我也知道，因為那個在夢中殺你的人，感到你臨死之前的眼光，極其可怕。由此可知你心中的懷恨。」

楊立群等我講完，才道：「是的，在那一刹間，我心中的痛苦、懷恨，真是難以形容，在不到一秒鐘的時間之內，我下了一個極大的決心，如果我死了之後變成鬼，一定要是一個厲鬼，要加十倍的殘忍，向殺我的人報仇！我⋯⋯是那

麼愛她，那麼信任她，為了她我可以做任何事，可是她卻殺了我。」

楊立群愈講愈激動，到後來，他額上的青筋，現得老高，汗珠比豆還大，一滴一滴，向下滴來。他才進醫務所來的時候，情形已經很不正常，但是和此際比較，他才進來時，再正常不過。

簡雲很害怕，當楊立群愈講愈激動，站起來揮着手，咬牙切齒時，他不由自主退出了幾步。

我也看出了情形不對頭，如果楊立群再在這種情緒激動的情形下講話，他會產生嚴重的精神分裂，以為自己真是「小展」。這種情形必須制止，是以我走過去，抓住了他揮動的手臂。

我抓得極用力，可以使一個人產生相當程度的痛楚，而使他自幻覺中驚醒。可是，我卻意料不到，楊立群的反應，竟是如此奇特。

他現出十分痛楚的神情，陡地叫了起來，聲音尖銳、慘厲。而且，他的口音也變了。他叫道：「我不怕，你們再打我，我還是說不知道。」

簡雲在一旁，不由自主，發出了一下呻吟聲。我也大吃一驚，不由自主鬆開了手。楊立群連退幾步，跌倒在地。雙手抱頭，身子蜷縮着，劇烈發抖。

他那時的姿態，怪異到極點。我立時想到，「小展」被拿旱煙袋、瘦長子和絡腮鬍子圍毆，可能就用這個姿勢來盡量保護他自己。

楊立群的夢，就算真的是他前生經歷，也只不過一直在他的夢中出現，至多造成他精神上的困擾。在現實生活中，他是楊立群，決不是夢中的「小展」。可是這時候，「小展」不但進入他的夢，而且，還進入了他的現實生活。

他蜷縮着，抽噎着，尖聲用那種古怪的北方口音叫着，他已不再是楊立群，活脫是小展！

那情景看在眼中，令人遍體生寒。簡雲手足無措，我雖然比較鎮定，也不知如何才好。

楊立群的身子愈縮愈緊，叫聲也愈來愈淒厲，每一下叫聲之中，都充滿了痛苦。如果不是身心都受了極度的創傷，任何人都無法發出那麼痛苦的叫聲。

我看這樣下去，決不是辦法，只好走向前去，抓住他的手，將他拉了起來。

楊立群並沒有抗拒，立時給拉了起來，和我面對面。我的目光，一和他的雙眼接觸，心就不禁怦怦亂跳，他的雙眼之中，充滿了紅絲，而且，眼神之中

88

的那種痛苦、怨恨，難以形容。我雖然絕沒有做過任何對不起他的事，可是看到了他這種眼神，還是嚇了一大跳。

我忙叫道：「楊先生！」

可是楊立群像是完全未曾聽到，他的聲音在剎那間，變得極嘶啞：「為什麼？翠蓮，我那麼愛你，肯為你做任何事，你為什麼……？」

他忽然講出這樣的話來，更令我駭然。

第四部

鍥而不捨尋找**夢境**

楊立群已經極不正常，我揚起手來，準備重重地打他一個耳光。

通常，人如果極度昏亂，一個耳光可以令他清醒。可是我的手才揚起來，簡雲就抓住了我的手腕，向我使了一個眼色：「小展，你愛翠蓮，肯為她做任何事，是不是？」

我一聽得簡雲叫楊立群為「小展」，而且這樣問，已經知道他的用意了。簡雲是心理學專家，他看出楊立群精神分裂。他也知道，在這樣的情形下，最好誘導他，使他逐漸恢復正常。

我明白了這一點，後退了一步。簡雲站在楊立群的對面，又將剛才的問題，細問了一遍。

楊立群突然嗚咽了起來：「是的，是的。」

簡雲又道：「你太愛她了！願為她做任何事，甚至願為她死？」

楊立群繼續嗚咽，說道：「是……」

簡雲大喝一聲：「小展，既然這樣，你死了，還有什麼可以記恨！你願意為她而死，你自己願意，還怨什麼？」

楊立群被簡雲一喝，陡地怔了一怔，現出十分冤屈的神情。可是這種神

情，只維持了極短的時間，他陡地又啞着聲叫了起來：「我願意為她死，可是……可是……她殺我！那不同……她殺我，我那麼愛她，可是她心裏根本沒有我。她心裏，我還不如一條狗，我……我……」

楊立群聲嘶力竭地叫，簡雲又開始手足無措。我也發現，心理學專家的辦法，無法在楊立群身上奏效，既然這樣，就只好讓我來試一試最原始的辦法。

我搓了搓手，一聲大喝，出手快如閃電，手才揚起，「拍」地一聲響，已自我的右掌心和楊立群的右頰之間，傳了出來。

那耳光打得重，楊立群陡地側向一邊，撞在一張旋轉椅子上。挨住了那張椅子，椅子轉動，他也隨着轉動。等到椅子停下，他「咚」一聲，跌倒在地，動也不動，一聲也不出，昏了過去。

簡雲嚇了一大跳：「你將他打昏了！」

我瞪了簡雲一眼：「你有更好的辦法？」

簡雲歎了一聲，拿起一大瓶冷水來，我忙攔阻他：「等一等，如果他醒來之後，仍然像剛才那樣子，這是嚴重的精

簡雲苦笑了一下：「剛才，他簡直將自己當成夢中的小展，這是嚴重的精

神分裂，必須由精神病專家來治療。」

我苦笑了一下，的確，如果楊立群醒來之後，和剛才一樣，那麼他就是一個不折不扣的瘋子了。瘋子，自然只好送進瘋人院去！

我心中很沉重，好好的一個人，如果被一個不斷重複的怪夢弄瘋，那多可怕！我沒有再說什麼，向簡雲作了一個手勢，簡雲將一大瓶冷水，向楊立群的頭上，直淋了下去。

楊立群慢慢睜開眼來。眼中神情，迷惑不解，和剛才完全兩樣！

我向他伸出手，他抓住了我的手，我用力一拉，將他拉了起來。他一面抹着臉上的水珠，一面問：「發生了什麼事？」

簡雲在我後面拉了拉我的衣衫，我明白簡雲的意思：「沒有什麼，你忽然昏了過去，可能精神太緊張，我們用水將你淋醒了過來！」

楊立群的神情，極度疑惑，又用手摸着他的臉頰。我那一掌打得十分重，他的半邊臉，已經紅腫起來，當然會感到疼痛。

他一疊聲追問道：「有人打我！為什麼？」

我和簡雲互望了一眼。剛才「化身」為小展，他全然不知道。這倒有點像

是俗稱「鬼上身」的靈魂附體。可是楊立群的情形，堪稱特別之極，他自己的鬼，上了他自己的身！也就是說，是他前生的某一個經歷，又在他的今生生活中重現！（如果承認楊立群的夢境，是他前生經歷。）我忙道：「楊先生，沒有人打你，你跌倒的時候，臉撞在桌子角上。你突然昏了過去，我們都來不及扶你，真對不起！」

楊立群神情疑惑，但是他卻也聰明，看得出如果追問下去，我們也決計不會再說什麼，是以他索性不再問，只是道：「我這個夢，是我前生的經歷？」

我這時，十分後悔將劉麗玲的夢講給他聽。如果我沒有說過什麼，就可以用另一個角度去解釋這件事而令楊立群信服。這時，如何解釋同一事故，在兩個完全不相干的人夢中出現？我想了一想：「可以這樣假定。」

楊立群「哦」地一聲：「這樣說來，在若干年前，真的發生過這樣一件事？在中國北方的一個油坊之中，一個叫『小展』的人，曾被三個人毒打，而且被一個他所愛的女子殺死！」

我又想了一想：「理論上來說，應該如此。」

楊立群立時反駁：「不是理論上，是實際上，應該如此。」

我作了一個隨便他喜歡怎麼說的手勢：「不過先得肯定，人真有前生。」

楊立群反應理智：「是的，先必須肯定有前生。」他講到這裏，頓了一頓：「其實，在邏輯上，可以反證。」

我怔了一怔：「什麼意思？」

楊立群道：「肯定了有前生，就可以肯定若干年前在那座油坊中，真有這樣的事發生過。相反的，如果證明了若干年前，在某地的一個油坊，真有這樣的事發生過，那也就可以證明真是有前生了。」

我乾笑了兩聲，打了幾個「哈哈」：「你別開玩笑了，你怎麼能證明若干年前，在一個油坊中發生過那樣的事？」

楊立群沒有答覆我這個問題，只是緊抿着嘴，不出聲。過了一會，他才道：「衛先生，謝謝你告訴我另一個人的夢。雖然你不肯講出這個人的身分名字來，但至少使我知道，曾殺了我前生的人，現在還在。」

我聽得他這樣講，不禁又驚又怒：「楊先生，你這樣說是什麼意思？」

楊立群道：「我只不過指出一個事實。」

當時，我怒氣上湧，真想再重重地給他一個耳光，但我忍住了沒有動手，

只是道：「你這樣說，全然不符合事實，殺小展的女人，早已死了。」

楊立群道：「可是她卻投生了！」

我大聲道：「那又怎樣，已經變成另一個人！」

楊立群用一種詭異的目光望着我：「不，不是另一個人，我身上有小展的回憶，那個人有翠蓮的回憶，交集而一想，何必和他多費唇舌？

我本來還想再說什麼，但是繼而一想，何必和他多費唇舌？

首先，他無法證明若干年前中國北方的一個小油坊中發生過什麼事。其實，就算證明了，他也無法知道劉麗玲是有另一個夢的人。

可是，他詭異無比的神情，令我有異樣的感覺，我道：「楊先生，你現在日子過得很好，事業成功，名成利就，比以前一個鄉下小子，不知道好多少，何必再去追究前生的事？」

楊立群脫下外衣，用力抖去外衣上的水珠，大聲道：「我的生活一點也不好，我一點也不快樂。不將這個夢境中的一切徹底弄清楚，這一輩子，也決不會有快樂，你再勸我都沒用！」

我見他固執到這種地步，自然沒有什麼可說，只好攤了攤手。

我道：「有一點你要記住，你決計無法在我這裏得到那一個人的消息。」

楊立群聽了之後，一直瞪着我，我也瞪了他很久，楊立群才道：「好。」

他講了一句「好」字之後，頓了一頓，才又道：「到時再說。」

我不明白他「到時再說」是什麼意思。而楊立群卻已轉過身去，和簡雲握了握手：「謝謝你，我真是不虛此行，在衛先生的敘述中，使我知道了我的夢境，原來還有這樣超特的意義。」

我啼笑皆非：「也沒有什麼特別的意義，我勸你不必為這個夢傷腦筋。」

楊立群又發出了詭異的一笑：「我不是小孩子，知道應該怎麼做！」

他說着，逕自向門口走去，簡雲替他開了門，楊立群將外套吊在肩上，就走了出去。簡雲關好門，背靠在門上，向我望來。我聳了聳肩：「我們盡了責，他來的時候，精神異常緊張沮喪，走的時候，卻充滿了信心。」

簡雲不住托着他的眼鏡，來回踱了幾步：「你不應該將那另一個人的夢，講給他聽。」

我苦笑道：「如果你在兩個月前，聽到過這樣的一個夢，今天又聽到楊立群的敘述，你會怎樣？能忍得住不講？誰會想到他竟然這樣神經病，把前生和

今生的事，混淆不清。」

簡雲又來回踱了幾步：「看他剛才昏過去之前的情形，他的精神不正常，可千萬不能讓他知道另一個人是什麼人。」

我道：「放心，他不會在我這裏得到消息。」

簡雲道：「別人呢？」

我想起了白素。只要我回去對白素一說，白素自然也不會透露任何消息。

至於劉麗玲本人，我也深信，她在對我和白素講了她的夢境之後，再也不會對任何人講起，倒大可不必擔心楊立群會知道是她，跑去在她心口刺上一刀！

所以我道：「別人也不會知道！」

簡雲搓了搓手：「那樣，或許比較好點。」

我忍不住問道：「你究竟在害怕什麼？」

簡雲神情苦澀：「很難說，整件事情，詭異到這種程度，任何可怕的事都能發生。」他講了之後，過去掛了一杯酒，一口喝乾，忽然向我望來，問道：

「衛斯理，我的前生，不知是什麼人？」

我給他這沒頭沒腦的一問，問得無名火冒三千丈，立時沒好氣地大聲道：

「誰知道，或許就是那個絡腮鬍子，再不，就是那個拿旱煙袋的！」

簡雲連連揮手：「別開這種玩笑。」

我因為急於要回去，和白素見面，告訴她會晤楊立群的事，所以也不再在簡雲的醫務所多逗留，告辭離去。

一回到家裏，我拉着白素，逼她坐下來，然後，原原本本將楊立群講述的一切，複述了一遍。

白素有一個很大的好處，就是當她在聽人敘述一件事之際，絕少在中間打岔。等到我講完之後，我已經從她的神情上，看出她感到了極大的興趣。可是，她卻說道：「你不該將劉麗玲的夢講出來。」

我呆了一呆，簡雲曾經這樣說過，白素又這樣說。我只不過呆了極短的時間，就道：「你是怕楊立群會去對付劉麗玲？」

白素的語氣，和簡雲一樣：「誰知道，整件事，太古怪玄妙了。」

我笑了笑：「我們不必瞎擔心了！」

白素又發了一會怔，也沒有再說什麼。接下來的幾天之中，我和白素不斷地討論這件事，我也知道，白素還曾特地去接近劉麗玲，可是幾天之後，她就

100

放棄了，因為劉麗玲非但絕口不提及她的夢，而且還有意在疏遠白素。看來她對於自己曾向我們講述她的夢，表示相當後悔。

在這樣的情形下，白素不便去作進一步的探索，所以事情算是漸漸淡了下來。一直到我和簡雲研究的課題，告了一個段落，也未曾再見楊立群出現在簡雲的醫務所。

大約是我和楊立群見面之後的一個多月，忽然接到了小郭的電話。

小郭，本來是我進出口公司中的一個職員，後來，開設了一家私家偵探社，早幾年，已經是名探一名。如今，更是不得了，他的偵探事務所裝上了電腦，事業發展得極理想，是他這一行中的權威。人一當了權威，總不免和以前有所不同，所以，近年來，我和他的聯絡也逐漸減少。他忽然會打電話給我，我知道，一定是有什麼古怪的事發生了。小郭知道我最喜歡古怪事情。在電話中，聽到了他權威的聲音：「偵探社接到了一宗奇異之極的委託！」

我「哦」地一聲：「要你查什麼？」

小郭道：「一件謀殺案！」

我立時道：「謀殺案不是私家偵探社的業務範圍，你還是多替有錢太太找她丈夫的情婦好！」

小郭給我說得連權威的聲音也變得狼狽起來：「別笑我，這件謀殺案，發生在多年前。」

我道：「多少年前？」

小郭笑道：「不知道。」

我有點生氣道：「要查什麼？」

小郭道：「這還不算奇，奇怪的事，還在後面。不單不知道謀殺案什麼時候發生，而且，不知道在什麼地方發生！」

我「嘿嘿」冷笑了兩聲：「十分有趣！」

「十分有趣」的意思，就是一點也沒有趣。因為這簡直不可能。任何謀殺案，時間、地點，全是不可或缺的線索。如果連這點線索都沒有，又怎麼知道會有這樣的一件謀殺案？

小郭忙道：「你聽我說下去，託我查案的人，只知道案中死者和兇手的名字。甚至那還不能算是名字，只是一種稱呼。」

我抱着姑妄聽之的態度，聽他講下去。小郭道：「那件謀殺案中的死者，叫做『小展』。」

我一聽到這裏，整個人都震動，忙叫道：「你等一等。」

小郭給我突如其來的吼叫聲嚇了一大跳：「你怎麼了？」

我笑道：「沒什麼，我只不過想猜一猜兇手的名字，如果你一說出來，我就不能猜了。」

小郭「哈哈」大笑：「別開玩笑了，你怎麼猜得到兇手的名字？」

我道：「如果我猜到了，怎麼說？」

小郭精乖伶俐，知道我神通廣大，不敢小覷我，忙道：「猜到就猜到，沒有怎麼樣。」

我歎了一聲：「好吧，本來，至少可以贏你一箱好酒，那個兇手，是個女人，叫翠蓮，對不對？」

我的話一出口，就聽到小郭在電話中發出了一下呻吟聲，但是隨即他就道：「你認識那個委託人？」

我笑了起來：「對，一戳穿，就一點也不稀奇。你接受了沒有？」

小郭道：「他能提供的線索，只是時間大約在三十多年前，地點是中國北方，山東、江蘇交界處的一個農村，兇案發生的地方，是一座油坊。在兇案地點的附近，有一條通路，兩旁全是白楊樹，還有一座貞節牌坊。」

我一聽到「小展」兩字，就知道這件怪案的委託人，一定是楊立群，所以小郭向我講到這些，我一點也不覺得驚奇。

我只是道：「小郭，很難根據這點線索找到那地方，你該知道，近三十多年來，那個地方，經歷了多少戰爭？經歷了多少動亂？什麼油坊、牌坊，一定早已不存在了。」

小郭歎了一聲：「我也這樣說，可是這位楊先生，一定要我們派人去查一查。」

我「呵呵」笑着道：「生意上門，你隨便派一個人去走一遭，就可以收錢，何樂而不為？」

小郭道：「可是這件事十分古怪，你想，楊先生為什麼要去查這件案子？」

我知道小郭這樣問，一定是楊立群未曾向他說過自己的夢，所以小郭覺得莫名其妙。我想了一想：「誰知道他是為了什麼。」

小郭感到很失望，因為我的反應很冷淡。他又講了幾句，就掛上了電話。

我在放下電話之後，呆了半晌，心中想，楊立群原來真是這樣認真。

自接到小郭的電話之後，又過了大半年。那天早上，我正準備出去，才到門口，門鈴響，我順手打開了門，看到門口站着一個陌生人，我問道：「請問找誰？」

那「陌生人」卻道：「衛先生，是我，我是楊立群。」

他這樣一說，我真嚇了一大跳。本來，我認人的本領高超，可是要不是他說自己是楊立群，我真認不出他。

他變得又黑、又瘦，滿面倦容，一副營養不良的樣子。看來像是生意失敗，流落街頭已有好久。我忙道：「啊，是你，你——」

楊立群摸了摸自己的臉。我道：「我變了？最近半年來，我完全改變了生活，那地方的日子真不好過，生活程度低到了難以想像的地步。」

我十分好奇：「你到哪裏去了？剛果？」

楊立群道：「當然不是，我在一個叫『多義溝』的小地方。今天才回來，沒回家，就來看你。」

我一面讓他進去，一面道：「多義溝？那是什麼鬼地方？我沒聽說過！」

楊立群道：「多義溝是一個鎮，一個小鎮，離台兒莊大約有六十公里，在台兒莊以西。」

我一聽「台兒莊」三字，幾乎直跳起來，盯着楊立群。楊立群又現出了那種詭異的笑容。我不禁叫道：「你……去了？真的去了？」

楊立群道：「是的，我早說過，我極認真。」

我無意識地揮着手：「你……找到了？」

楊立群的神情更詭異，還帶着一份異樣的洋洋自得。不必等他回答，我已經道：「你真的找到了！那……油坊……居然還在？」

楊立群道：「是，落後地區有這個好處，幾十年的時間，外面世界天翻地覆，日新月異，可是落後閉塞的地方，幾十年一樣，我先給你看這些照片，再向你講經過！」

這時，我們已經進了客廳，一起坐下來，我這才注意到他的手中，提着一隻扁平的公文包。他取出一隻紙袋，然後，抽出了十來張照片。

照片是黑白照片，放得相當大，黑房技術十分差。不過，也足可以看清楚

照片上的形象。我看了第一張，那是一條小路，小路兩旁，全是白楊樹，白楊樹十分粗大，比楊立群敍述他夢境時所形容的大得多。

楊立群指着照片上的小徑：「我的夢一開始，就是走在這小徑上。雖然事情隔了很多年，兩旁的白楊樹粗大了不少，但是我一看到這條小徑，就可以肯定，那是我夢中經過的小徑，我太熟悉了！你看，這裏有一塊大石，一半埋在土中，一半露在外面，我夢中見過千次百次！」

他一面說，一面伸手在路邊的一個凸出點上，指了一指。的確，是有一塊大石，埋在路邊。

楊立群道：「當時我的心情，真是興奮到了極點。」

我不禁苦笑：「我真不明白，你如何找到這條小徑？」

楊立群道：「經過不十分曲折，我先委託了一間私家偵探社，叫他們派人進去查，可是那私家偵探社，號稱是全亞洲最好的，卻什麼也查不出來，所以我只好親自出馬。」

我聽得他這樣批評小郭的偵探社，心裏只覺得好笑，心裏想要是小郭在的話，就一定會和他打架。

楊立群又道：「我記得你説過，事情發生的地方，可能是山東南部和江蘇交界之處。我從來也沒有到過那個地方，但是為了弄清楚夢境，還是不顧一切地去了。」

我「嗯」地一聲：「真是勇氣可嘉。」

楊立群道：「不是勇氣，是決心，我決心要做一件事，就一定盡力做。我參加了一個貿易談判代表團進去。那種閉塞社會，如果沒有特權的話，根本不能做任何事。」

我佩服他有辦法，只是點着頭，示意他繼續講下去。楊立群又道：「在我到達後，和他們的負責人表示，我要到山東省南部和江蘇省北部一行。他們問我的目的是什麼。我説，我的紡織廠，需要大量高級原棉，那一帶，正是華東出產棉花最多的地方，我想去看一下，而且還可以向他們提供先進的棉花種植法，和改進棉花品種的經驗。」

楊立群深謀遠慮到了極點，我嘲笑：「你為什麼不對他們的負責人説你要找前生的經歷？」

楊立群自然聽得出我是和他開玩笑，瞪了我一眼：「扯蛋！」

我聽得他那樣說，不禁苦笑，「扯蛋」正是那一帶的方言，意思就是胡說八道。我沒有再說什麼，楊立群續道：「於是他們替我安排行程，派人和我一起去，和我一起去的那人是臨城縣人，也供給車子。我們從徐州起，一直在附近一帶兜圈子，我裝成要深入了解，有時候，往往棄車步行，一走就是一天，真是辛苦極了。」

楊立群在商業社會極成功，平日生活雖不至於窮奢極侈，但總也養尊處優，而他竟然肯到窮鄉僻壤，去過這樣的日子。由此可知，弄清楚他夢境中的事，對他來說，是何等重要。

一想到這一點，我對他不禁起了幾分敬意，態度也改變了許多：「是，那當然辛苦。」

楊立群聽出了我語氣中對他的尊敬，顯得很高興：「我長途跋涉，根本一點把握也沒有，心中茫茫。我對帶路的那個人，他姓孫，說，要找一條兩旁有白楊樹的小路。他說這一帶，到處全是白楊樹。我說要找一座貞節牌坊。他更笑了起來，說貞節牌坊更多得不得了。」

他講到這裏，略停了一停：「我真沒想到中國有那麼多從二十歲起就開始

守寡的女人，真可憐，為了一座牌坊，那幾十年，不知是怎麼捱過來的。」

我聽他忽然對女人的守寡問題大發議論，忙作了一個手勢，示意他不要將問題岔開去。楊立群又忙道：「我又說，要找一座榨油的作坊，姓孫的說油坊也到處都有。一直到有一天，經過一個叫多義溝的小鎮，那小鎮的街道，用石板鋪起來，簡直就像是拍電影的布景，兩旁有些三房屋店舖。這樣的小鎮，在這些日子，經過了許多。我們乘坐的車子，是一輛吉普車，在小鎮的街道上駛過，引來了不少孩童，跟在後面，一進入這小鎮，我心中已經有一種異樣的感覺，事情又十分湊巧——」

他講到這裏，停了下來，眼中閃耀着十分興奮的光芒：「車子在大街中停了下來，因為前面有一輛用馬拉的大板車，裝滿了一隻隻形狀十分奇特的竹簍，竹簍面是一種相當粗糙的瓦罈。其中一隻，想是從車上滾了下來，打碎了，瓦罈中裝的是油，漏了出來，許多人正用一切可以順手拿到的東西，將漏在地上的油盛起來，一個女人，甚至當街脫下了她的上衣，用她那件破衣服，去浸在油裏，好讓衣服將油吸起來帶回去。」

楊立群講得十分生動，這種情景，如果不是他真有這樣的經歷，不能憑空

想出來。

我本來想給他講一講中國北方鄉村的農民，如何珍惜食油的例子，但是我又急於想聽他講下去，所以忍住了沒有說什麼。

楊立群繼續道：「車子駛不過去，我只好落車，我一眼看到前面板車上，用紅漆漆着『第三生產大隊油坊』的字樣，我就向駕車的那個人道：『你是油坊的？』那人急得臉紅耳赤，正不知道怎樣才好，當然因為他弄瀉了一罈油。一聽得我問，沒好氣地道：『不是油坊的，難道是酒坊的？』姓孫的忙過來大聲叱喝：『這位是國家貴賓，你怎麼這樣無禮？』」

楊立群詳細講述經過，我並沒有阻止他。楊立群拿起茶來，喝了一大口，又道：「趕車的被姓孫的一喝，嚇得打了一個哆嗦。」

我笑了一下，道：「當地的土話，你倒學了不少回來，打哆嗦，多久沒聽到這樣的了。」

楊立群笑了一下：「真奇怪，一到那地方，對於當地的土話，領悟能力極高，一聽就明白，而且，學着講，也很容易上口。就是憑這一點，才使我更相信我的前生在這一帶生活，所以有信念一直找下去。」

我沒有向他講，當日在簡雲的醫務所中，他神情詭異地雙手抱着頭，蜷縮在地上時所講的幾乎全是那地方的土語。

楊立群又道：「那趕車的神態立時變得恭敬：『是，是油坊來的。』我問他油坊在哪裏？本來，我已經看過了超過十多個油坊，沒有一個是我夢境中的，這時，我這樣問，心裏在想，不過多看一個油坊而已，並不存着什麼大希望。誰知那趕車的道：『不遠，不過七八里地，過了節坊就是。』我一聽得他這樣說，心頭狂跳，一時之間，幾乎窒息過去。

「而當我緩過氣來時，我自己也不知道何以忽然會講了一句莫名其妙的話，這句話，甚至是完全未經過大腦，自然而然從我的口中滑出來：『就是秦寡婦的那座貞節坊？』那趕車的也不覺得意外，連聲道：『是！是！』那姓孫的可能本身的職業比較特殊，立時神情變得極其警覺和詫異，毫不客氣地瞪着我：

『楊先生，你怎麼知道？』」

「在那地方，講錯半句話，雖然我是貴賓，一樣會有極大的麻煩。可是我實在無法解釋我何以會知道的，我甚至無法解釋我何以會這樣講。我只好含含糊糊地道：『隨便猜猜，就猜中了！』當然我這樣的解釋，不能令姓孫的滿

112

意，剎那之間，在他的臉上，現出了一股十分掙扎的神情來。

「我轉過頭去，不去看他，但是卻大聲對他道：『孫先生，我想去看看那座油坊！』姓孫的來到我身邊，壓低了聲音：『楊先生，我想請問你，你一路來，棉田經過不少，你沒有興趣，對油坊那麼有興趣，究竟你有什麼目的？』

「姓孫的詰詢，已經是相當嚴厲了，幸而我的反應快，已經迅速想好了答案，我立即道：『孫先生，這個秘密，本來我是不想說的！』一聽說是秘密，姓孫的神情更加緊張，我立時又道：『這一帶盛產棉花，棉籽可以提煉出品質很好的油，而你們的食油十分缺乏。我一直在留意油坊，是想發現是不是早已有自棉籽提煉食油的做法。我發現沒有，這是一個極大的浪費。這種可供利用的資源，不應該浪費，本來我想回去之後，再向你們上級提出的，現在你既然問起，我也只好先說了！』

「我這一番編出來的話，居然有了用處，姓孫的連連點頭：『是，你說得對。中國民間也有利用棉籽榨油的，不過棉籽油有一種十分難聞的氣味，所以不很受民間的歡迎！』我忙道：『有一種化學劑，可以辟除這種難聞的氣味！』

「姓孫的聽了十分高興，我們棄車步行，向前走，一面走，一面想出種種的

話，來清除姓孫的對我的疑心。等到我看到了那條小徑時，卻實在忍不住了，心中狂跳，不知道多辛苦，才能遏止狂呼大叫的衝動。姓孫的觀察力很敏銳，他看到我呼吸急促，問：『楊先生，你對這裏的地形，好像很熟，剛才一直是你在帶路，有好幾條叉路，你在叉路之前，連停都不停，你以前到過這裏？』

「這時候，我心頭的激動、興奮，真是難以形容，姓孫的話，我也沒有十分聽進去，的確，經過叉路口，連想也不想，就繼續向前走，到了這條兩邊全是白楊的小徑之後，我絕對可以肯定，我到過這裏，不是在夢裏到過，是真正到過！」

楊立群一口氣講到這裏，才大口喝水，喘着氣，向我望過來。

我也被他的敘述，帶到了一個極其奇異的境界。我想了一想：「既然你是在夢中見過這條小徑許多次，感到熟悉，不足為奇。」楊立群急急地道：「不是，不是，不單是熟悉，那情形，就像是回到了自己長大的地方，太熟悉了。有許多事，在夢中未曾出現過，都一下子湧了出來，雜亂無章，但是都和眼前的環境有關。我向前奔過去，奔到了剛才我指給你看的那塊石頭旁，停了下來，我就立時想到，就在那塊石頭後，我和翠蓮經常相擁，而且也是在那塊大

石之後，我第一次撫摸她的胸脯，這是我第一次撫摸一個女人的胸脯！」

楊立群愈講愈激動，我忙道：「等一等，你使用『我』這個字眼，好像不怎麼對。」

楊立群瞪着我，像是並不以為那有什麼不對，過了半晌，他才道：「不對？哦，是的，我不應該説『我』，應該説是小展。」

我道：「對，這樣，才比較理智一些。你要緊緊記得，你是你，小展是小展。」

楊立群苦笑了一下：「那時完全無法分得清楚，小展的經歷，完全進入了我的腦子，我感到我就是小展。」

我再努力要使他和小展分開來，我道：「當時的情景或會令你迷惑，但至少現在，你應該清醒。」

楊立群低下頭去好一會，他是聰明人，自然知道我竭力要將他和小展分開來的原因。所以過了一會，他抬起頭來：「你只不過聽我説了一個開始，等聽完之後，再下結論好不好？」

我只好答應他，因為的確，他才只不過説了一個開始。

楊立群又道：「我來到小徑的盡頭，看到了那一座石牌坊，我害怕起來。

「過了牌坊不遠，就是那座油坊，而油坊中有三個人在等我，他們曾拷打我，向我逼問一些事，我在被毒打之後，又被一個自己所愛的女人殺死，我真不敢再向前走去。

「但是，我卻又立即告訴自己：那是我前生的事，距今至少好幾十年，我夢中聽見的所遇到的，是我以前的記憶，不會是如今出現的事，我可以放膽向前走過去。

「我在貞節牌坊前停下來，姓孫的氣喘如牛追過來，臉上現出怪異莫名的神情，望着我，一到我近前，就道：『楊先生，你怎麼啦？』我沒有回答他，只是向前大踏步走去，他緊跟在我的身邊。

「不多一會，我就看到了圍牆和油坊的煙囪。圍牆和夢中所見的多少有點不同，你看。」

楊立群給我看第二張相片，相片是在油坊外拍攝的，可以看到油坊建築物，和那根看來十分顯眼的煙囪。

楊立群指着照片上的圍牆：「圍牆可能倒坍過，又經過修補，你看，有些

地方是新的。」

他講到這裏，又以異常興奮的神情，指着圍牆過去一點的那兩扇門：「看到這兩扇門沒有？當時我，小展，就在這扇門前徘徊了好久，而當時，翠蓮就在轉角處窺伺我。」

那兩扇門看來，十分殘舊，的確已經有許多年歷史了。

楊立群緊接着，又給我看第三張照片，那是一個後院，堆着許多雜物和一包包的豆子。幾十年來，甚至連黃豆的包裝法也沒有改變過，用的仍是蒲草織出來的草包。院子裏有很多人在工作。

楊立群解釋道：「小展那次到這個院子的時候，院子裏沒有人，當時油坊停止生產，現在有很多人在工作，可是院子的一切，全沒有變。」

我聽過兩個人詳細對我敘述這個院子的情形，這兩個人是楊立群和劉麗玲。雖然他們講述的只是他們夢中的情形，但由於他們講得十分詳細，所以，連我一看這院子的照片，我也有似曾相識的感覺。

楊立群又給我看另一張照片，那是油坊之內的情形，他的聲音也變得急促，說道：「你看，你看這石磨！你看這石磨！當他們三人毒打我的時候，我

的血——」

我大聲糾正他：「小展的血！」

楊立群道：「好，小展的血，曾濺在這大石磨上。而我立時又聞到那種熟悉的氣味，我在被打——小展在被打之後，就躺在這裏，而翠蓮，就是在這裏，將……小展刺死的。」

第五部

不是冤家不聚頭

照片中顯示出來的，是一個典型的中國北方鄉村油坊。這個油坊，在楊立群的夢中，千百次重複地出現，實在是一件怪事，除了那是他前生的經歷之外，不能再有別的解釋。

楊立群也恰在這時問我：「對這一切，你有什麼解釋？」

我道：「有。」

楊立群對我回答得如此之快，有點驚訝：「你有什麼解釋？」

我道：「那是你前生的經歷。」

楊立群一聽得我這樣說，現出極高興的神情來：「衛先生，你真和普通人不同，是的，那是我前生的經歷……是我前生的經歷。」

接着，他一張一張照片給我看：「這口井，就是那另一個人對你說，翠蓮曾在這裏，不小心，給刺了一下。」

最後，他指着的那張照片，上面是一個老人。那老人滿面全是皺紋，說不出有多大年紀，手裏拿着一桿極長的旱煙袋。

他又取過另一張照片：「這就是那一叢荊棘，也是你說過的，翠蓮曾在這在那裏看到倒影的井。」

我一看之下，吃了一驚：「這⋯⋯夢中那個拿旱煙袋的——」

楊立群看出了我的吃驚，也知道我為什麼要吃驚，他道：「當然不是，那是另一個老人，他姓李，叫李得富，今年八十歲了。」

我「哦」地一聲，對這個老人，沒有多大的興趣。事實上，那些照片，已足夠證明很多事情了，所證明的事，如此奇玄，超越生、死界限，是靈魂和肉體關係的一種延續，這許多問題，只要略想一想，就足以令人神馳物外。我思緒相當亂，竭力鎮定了一下，才道：「你找到了那些地方，可惜你無法證明曾發生過那些事。」

楊立群不說話，只是望着我微笑。他的那種神態，令得我直跳了起來，叫道：「你⋯⋯也已經證實了曾發生過這樣的事？」

楊立群「哈哈」笑了起來：「不然，我為什麼替那個叫李得富的老人拍照？」

我「嗖」地吸了一口氣，一時之間，講不出話來。楊立群道：「看到了牌坊、油坊之後，我就在多義溝住了下來，說什麼也不肯離開。那個派來陪我的，緊張絕倫，離開了我一天，到台兒莊去請示他的上級，結果回來之後，一

聲也不出，想來是他的上級叫他別管我。

「於是，我就開始我的調查工作。在這裏，我必須說明一點，我在多義溝住的時間愈久，對這個地方，就愈來愈熟稔，也更多湧進我的腦子。我輕而易舉地找到了展家村，現在叫什麼第三大隊第七中隊，我甚至可以記得，當初我……小展是怎地爬上那株老榆樹上去的。

「到了展家村，我就問老年人，當時有沒有一個人叫展大義，可是問來問去，沒有人知道。」

楊立群講到這裏，我大聲道：「等一等，你怎麼知道小展的名字叫展大義？」

楊立群道：「我一進展家村，就自然而然知道了，就像你一覺睡醒之後，自然記得你自己的名字是衛斯理一樣。」

我悶哼了一聲，沒有再問什麼。

楊立群道：「我甚至來到了村西的一間相當破舊的屋子，指着那屋子：『展大義以前就是住在這裏的，有誰還記得他？』可是一樣沒有人知道。展家村的所有人，全是姓展的，是一族人，我問他們是不是還保留族譜，卻被人狠狠嘲笑了一頓，我又追問如今住在這房子中的人，上代祖先的名字，可是說出來

的也全不對。

「我已經找對了地方，可是卻沒有人知道小展，也沒有人知道翠蓮，這真令我發狂，我不斷地向每一個人追問，並且說，如果有人能提供消息的，我可以送他們生產大隊每個中隊一架收音機，可以送他們抽水機，總之是他們需要的東西，我都可以送。這樣，過了將近兩個月。許多人，附近百餘里的人都知道了，一天中午，一個中年婦女，扶着李得富，就是照片中的那個老人來見我。

我和李得富的對話全部用錄音機錄了下來，你要不要聽？」

楊立群一面說，一面已取出了一具小型錄音機來，望着我，我罵道：「廢話，快放出來！」

楊立群取過一隻盒子，盒中有幾卷微型錄音帶，我留意到盒上全有編號，他取過了第一號帶，放進機內，按下了掣。

我立時聽到了一個蒼老沙啞的聲音，講的是魯南的土語。如果不是我對這地方言都有一定程度的了解，根本聽不懂。

為了方便起見，我將錄音帶上，楊立群和李得富的對話，一字不易，錄在下面。錄音帶中除了楊、李對話之外，還有一個女人的聲音，那是帶李得富來

的那個中年婦女。另有一個魯南口音也相當濃的男人聲音，那是陪楊立群的那個姓孫的，看來，他十分盡責，寸步不離。而當時各發音人的神態，是楊立群在放錄音帶時補充的。

以下就是錄音帶上的對話：

李：（聲音蒼老而含糊不清）先生，你要找一個叫展大義的人？

楊：（興奮地）是，老大爺，你知道有這個人？

李：（打量楊，滿是皺紋的臉，現出一種極奇怪的神色來）先生，你是展大義的什麼人？你怎麼知道有展大義這個人？

楊：（焦急地）我不是他的什麼人，你也別管我怎麼知道有這個人，我先問你，你是不是知道有展大義這個人？

李：俺怎麼不知道，俺當然知道，展大義，是俺的哥哥！（神情淒楚，雙眼有點發直。）

楊：（又驚又喜，但立時覺出不對）老大爺，不對吧，剛才那位大娘，説你姓李，展大義怎麼會是你哥哥？

孫：（聲音很兇，指着李）你可別胡亂説話。

124

李：（激動，向地上吐痰）俺才不扯蛋哩！俺本來姓展，家裏窮，將俺賣給姓李的，所以，俺就姓李，展大義是俺大哥，俺哥倆，雖然自小分開，可是還常在一起玩，展大義大俺七歲。

楊立群在這時，按下了錄音機上的暫停掣：「我那時，拼命在追憶，是不是有這樣一個弟弟，可是卻一點印象也沒有了。或許，前生的事，要印象特別深刻才能記得起來。」

我沒有表示異議，楊立群放開了暫停掣。

楊：（焦切莫名地）你還記得他？

李：俺怎麼不記得？他早死哩……（屈起手指來，口中喃喃有詞，慢慢地算）他死那年……俺……好像還是韓大帥發號施令，是民國——

孫：（怒喝）公元——

李：（有點惱怒）俺可不記得公元，是民國九年，對哩，民國九年，俺那年，剛二十歲。俺是屬……（想不起來）……

楊：老大爺，別算你屬什麼，展大義他……他……他是怎麼死的？（聲音有點發顫）他是

李：（用手指着心口）叫人在這裏捅了一刀，殺了的，俺奔去看他，他兩隻眼睛瞪大，死得好冤，死了都不閉眼——

楊：（身子劇烈地發着抖）他……死在什麼地方？

李：死在南義油坊裏，俺到的時候，保安大隊的人也來了，還有一個女人，在哭哭啼啼，俺認得這女人，是鎮上的「破鞋」。

楊立群又按下了暫停掣，問我：「你知道『破鞋』是什麼意思？」

我有點啼笑皆非：「快聽錄音帶，我當然知道！」

「破鞋」，就是娼妓。楊立群可能是第一次聽到這樣的名詞，所以才覺得奇怪。而且我也可以肯定，那個在哭哭啼啼的「破鞋」，一定就是翠蓮。翠蓮的造型，在劉麗玲第一次向我提及之際，我就知道她不是「良家婦女」！

楊立群笑了一下，笑容十分奇怪，道：「破鞋，這名詞真有意思。小展也算是可憐的了，他所愛的，是一個……一個……風塵女子！」

楊立群對小展和翠蓮當年的這段情，十分感興趣，他又道：「小展是一個什麼都不懂的毛頭小伙子，翠蓮卻久歷風塵，見過世面，衛先生，你想想，這兩個人碰在一起，會有什麼樣的結果？」

我悶哼了一聲，不予置評，而且作了一個手勢，強烈地暗示他，別再在這個問題上兜圈子，還是繼續聽錄音帶好。

可是楊立群卻極其固執，還是繼續發表他的意見：「那情形，就像是貓抓到了老鼠，小展一直被玩弄，直到死。」

楊立群在這樣說的時候，面上的肌肉跳動着，現出了一股極其深刻的恨意。我看了心中不禁駭然。

第一次遇到楊立群，我就看出，楊立群有嚴重的精神病。在精神病學中，很常見的病例是「精神分裂症」。而楊立群的情形，卻恰好與之相反。我不知道精神病學上，以前是不是有過楊立群這樣特異的例子，只怕也沒有一個專門名詞。所以，只好姑妄稱之為「精神合併症」。

楊立群的症狀是，他將他自己和一個叫作小展的人，合而為一了！小展的感情，在他身上起作用。小展叫一個女人殺死，臨死之前，心中充滿了恨意，而這種恨意，如今在楊立群的身上延續。

本來，這只是楊立群一個人的事，大不了是世上多了一個精神病患者而已。我那時由於不知道事態這樣嚴重，向楊立群講了劉麗玲的夢。

那使得楊立群知道，殺小展的翠蓮，就是某一個人。

既然在精神狀態上和小展合而為一，他自然也會將翠蓮和劉麗玲合而為一。那也就是說，如果他知道了劉麗玲在夢中是翠蓮，或者說，他知道了劉麗玲的前生是翠蓮，那麼，會對劉麗玲採取什麼行動？

毫無疑問：報仇！

這種推論，看來相當荒誕，但是在楊立群如今這樣的心態下，卻又極其可能成為事實。

我慶幸只說了劉麗玲的夢，而未曾講出做夢的是什麼人，我也相信，楊立群沒有機會找出做相同的夢的人是劉麗玲。

當時，我聽得楊立群這樣講，一面心中駭然，一面覺得有必要糾正一下他的這種想法。我想了一想：「楊先生，你心中很恨一個人？」

楊立群的反應來得極快：「是的。那破鞋！我曾這樣愛她，迷戀她，肯為她做任何事，可是她卻根本不將我當一回事，她殺了我！」

我聽得楊立群咬牙切齒地這樣講，簡直遍體生寒。我忙道：「楊先生，你弄錯了，那不是你，那是小展。」

楊立群陡地站了起來，然後又重重坐下，指着錄音機：「聽完之後，你就可以肯定，以前確然有這件事發生過。」

我點頭：「我同意。不必聽完，也可以肯定。」

楊立群一字一頓，説得十分吃力，但也十分肯定：「我就是小展，小展就是我！」

我瞪目結舌，無話可説。我的反應還算來得十分快，我停頓了極短的時間，就道：「你這種想法，是一種精神病——」

我的話才講了一半，他就十分粗暴地打斷了我的話頭：「我就是小展，小展就是我！」

他又將他的心態表達了一遍，接下來他所説的話，更令我吃驚。

楊立群道：「而且，我假定在夢中是翠蓮的那個人是女人，我還不知道她是誰，只好暫時稱她為『某女人』。這個『某女人』就是翠蓮，翠蓮也就是某女人！」

楊立群在這樣講的時候，直瞪着我，緊緊捏着拳，令得指節骨發出「格格」的聲音，看來，我如果是女性，就有可能被他當作是某女人了。

我吸了一口氣，試探着問道：「我問你一個問題。」

楊立群冷笑了起來：「我知道你想問什麼。」

我「嗯」地一聲，楊立群立時接下去道：「你想問我，如果見到了某女人，會怎麼樣，是不是？」

我無話可說，只好深深地吸了一口氣。然後，點點頭，表示我的確想這樣問。

楊立群陡地笑了起來，他的笑聲，聽來十分怪異，像是他已經報了多年的深仇大恨一樣，有一股極度的快意。他一面笑着，一面高聲叫道：「要是叫我遇上了某女人，要是叫我遇上了她，那還用說，某女人曾經怎麼對我我也要怎樣對她。」

當楊立群在高聲縱笑和叫嚷之際，我的全副注意力都被他吸引，以致未曾覺察到就在那時候，白素已經用鑰匙打開大門，走了進來。

我一直盯着楊立群，楊立群也一直盯着我，我們兩人都沒有發現白素的進來。要不是白素開了口，我們可能還很久都不知道。

白素的聲音十分鎮定：「那個『某女人』，曾經對這位先生，做了些

什麼？」

白素顯然是聽到了楊立群的高叫，才這樣問。楊立群精神極不正常，白素的話，令得我和楊立群都陡地震動了一下，楊立群時向白素望去。眼光之中，甚至充滿了敵意。

我忙道：「這位是楊立群先生，這是白素，內人。」

楊立群「哦」地一聲，神態恢復了正常，向白素行禮，白素伸出手來，和他握了一下。楊立群向我望來，低聲道：「衛先生，向你說一句私人的話。」

白素十分識趣，一聽得楊立群這樣講，立時向樓上走去，一面走，一面回過頭來向我說道：「我拿點東西，馬上就走，門外有人在等我。」

楊立群壓低了聲音：「衛先生，我將你當作唯一的朋友，所以才將這一切告訴你，你明白——」

我不等他講完，就明白了他的意思。我道：「我必須說明一點，當日，在簡雲的醫務所中，聽你敍述了夢境，回來曾和白素討論過。」

楊立群的神情大是緊張：「那麼⋯⋯她知道我就是小展？」

我搖頭道：「我想她不知道，她只知道你經常做一個怪夢，絕想不到你的

精神狀態不正常。」

楊立群對我的批評，絕不介意，吁了一口氣：「那還好。還有，她⋯⋯尊夫人是不是知道『某女人』和我有相同的夢這回事？」

「某女人」的夢，我就是因為白素認識劉麗玲而知道的。可是這時，我想到，楊立群一定會用盡一切方法去找「某女人」，雖然以白素的能力而論，應付有餘，可是何必替她去多惹麻煩呢？

所以，我在聽得楊立群這樣問之後，我撒了一個謊：「不，她不知道。」

楊立群「哦」地一聲。

我冷冷地道：「當然不止我一個，至少，某女人本身也知道。」

楊立群悶哼了一聲，又道：「我求你一件事，剛才我對你講的一切，那些照片，你聽過的錄音，這些事，別對任何人提起。」

我道：「當然，沒有必要。雖然你搜集到的一切，證明了一種十分奇妙現象的存在，證明了一個人的記憶，若干年後會在另一個人記憶系統中出現。

我所用的詞句，十分複雜，我自認這樣說法，是最妥當的了。

可是楊立群聽了之後，卻發出了連聲冷笑：「洋人學中國人話的笑話，你

可曾聽過？洋人忘了如何説『請坐』，就説『請把你的屁股放在椅子上。』」

我多少有點尷尬：「一點也不好笑，而且和我剛才講的話，不發生關係。」

楊立群道：「事實上，只要用簡單的一個名詞，就可以代替你的話。我證明的奇妙現象是：人，有前生。」

我攤了攤手：「好，我同意。這是一個極了不起的發現，有如此確實證據的例子，還不多見，你的發現，牽涉到人的生死之謎，牽涉到靈學、玄學種種方面——」

我講到這裏，略頓了一頓，才道：「你是不是要等白素走了，才繼續聽錄音帶？」

因為看到他已將那小錄音機收了起來，所以才這樣問他。

誰知道楊立群立時答道：「不。」

我又道：「那你為什麼——」

我這樣説的時候，指了指錄音機，表示不明白他為什麼要將之收起來。

我再也想不到楊立群竟會講出這樣的話來，他道：「我不準備再讓你聽下去。」

我陡地一呆：「那怎麼行？我只聽到了一半，那老人曾經確實知道當年發生的事，我還沒有聽完，怎麼可以不讓我聽？」

楊立群不理會我的抗議，只道：「還有很多發現，更有趣，可以完全證明人有前生的存在，確確實實的證明，不是模棱兩可的證明。」

楊立群的話，聽得我心癢難熬。證明人有前生，是一個極其重大的發現。

這個發現所牽涉的範圍之廣，真是難以形容。而最重要的是可以肯定靈魂存在。這是我近年來最感興趣的問題，當然不肯放過一個能在這方面得到確實證據的機會。

我連忙道：「那麼，讓我們繼續聽錄音帶，聽完錄音帶之後，再——」

楊立群一揮手，打斷了我的話頭：「不，不再聽，讓你去保持你的好奇心。」

我陡地一怔，楊立群又道：「你的好奇心，得不到滿足，就像我的好奇心得不到滿足一樣。如果你想滿足自己的好奇心，你就必須同時滿足我的好奇心。」

他在這樣說的時候，不懷好意地瞪着我，神情顯得極其狡獪。

刹那之間，我明白他這樣說是什麼意思了。

我心中怒意陡生，提高了聲音：「楊立群，你這個王八蛋，你——」

楊立群立時搶過了我的話頭去：「衛先生，我是一個商人，我相信任何事，都應該公平交易。」

他在講了這一句之後，壓低了聲音：「你告訴我『某女人』的下落，我將全部我所搜集得到的資料，毫無保留地交給你。」

我已經料到了楊立群的意圖，這時，這個意圖又自他的口中，明明白白講了出來，那更令得我怒意上揚，我不由自主揚起了拳來。

就在這時，門外忽然傳來了三下短促的汽車喇叭聲響，白素來的時候，曾說門外有人在等她，那自然是等她的人，覺得她進來太久，在催促她。

同時，白素也自樓梯上走了下來：「怎麼一回事，我好像看到有人喪失了他的紳士風度。」

我悶哼一聲：「去他媽的紳士風度。」

楊立群用手指着我：「記得，我現在是楊立群，一個成功的商人，不是一個愚蠢的鄉下小伙子，你想在我身上得到點什麼，一定要付出代價。」

135

我瞪着他，拿他一點辦法也沒有，楊立群已經收拾好了一切東西，向我和白素揮了揮手，向門外走去。白素來到我的身前，大約這時我的神情，沮喪氣惱到了極點，所以逗得白素笑了起來：「咦，怎麼了，看樣子你打了一個敗仗。」

我有點啼笑皆非：「楊立群這小子——」

我才講了一句，外面又傳來了兩下按喇叭的聲音，我道：「送你回來的是什麼人，好像很心急。」

白素道：「劉麗玲。」

劉麗玲！

送白素回來的是劉麗玲，這本來是一件極其普通的事，白素和劉麗玲本來就是好朋友。可是這時我一聽之下，整個人直跳了起來，像是遭到了雷殛。

劉麗玲的車子，顯然就停在我住所的門口，而楊立群，正從我住所出去。

楊立群一走出去，一定可以看到劉麗玲。

楊立群看到劉麗玲，本來也沒有什麼特別，人生這樣的遇合，不知每分鐘有多少宗。可是，他們兩個人的情形卻不同。

劉麗玲的「前生」是翠蓮。

楊立群的「前生」是小展。

楊立群要盡一切力量找尋的「某女人」就是劉麗玲！

白素看到我神態如此異特，她也怔了一怔，她可能還不是完全明白，或者是我剛才向她介紹「楊立群」這個人的名字之際，她未曾留意。可是這時，她看到了我吃驚的程度，她一定已經明白了。

她在剎那間，神情也變得十分吃驚，以致我們兩人，不由自主握住了手，

白素低聲道：「他們兩個——」

我壓低了聲音：「希望楊立群走過去，沒看見就算了。」

白素吸了一口氣：「我們出去看看。」

我點着頭，我們一起走向門口，一推開門，我們就呆住了。

我們所看到的情景，其實普通之極，不過是一男一女在交談，一個在車內，一個在車外，但是這一男一女，是楊立群和劉麗玲！我的心頭怦怦亂跳，

看劉麗玲和楊立群兩個人的神情，顯然由於初次見面，在有禮貌地交談，

臉色泛白。

但是我卻已像是看到了一種極其凶險的凶兆。

這種「看到凶兆」的感覺，強烈之至。

劉麗玲的前生，曾殺死了楊立群的前生，如果

他找到了「某女人」，他就要報仇。而如今，他就和「某女人」在講話。

當然，楊立群不知道如今在和他講話的那個人就是他要找的「某女人」，

但如果他們從此相識，交往下去，他總會有知道的一天。而當他知道了之後，

結果如何，真叫人不寒而慄。

一時之間，我僵立着，心中亂成了一片，所想到的只是果報、孽緣這一類

的問題。本來，人海茫茫，楊立群和劉麗玲相識的機會，講起或然率來，真是

微乎其微。可是，偏偏一個湊巧的機會，他們相識了，而他們的「前生」，又

有着這樣糾纏不清的關係。

我忽然又想起，楊立群曾向我提及「反證明」的事，而他也根據「反證」，

證明了他和劉麗玲的前生。

楊立群和劉麗玲，由於前生有糾纏，所以今生無論如何，總有機會相識。

這樣的因果，如果反過來說，是不是一個人的一生，和他發生各種各樣不同關

係的其他人，全在前生和他有過各種各樣的糾纏？

想到這裏，我心中更亂，無法想下去。

我只看到，白素想向前走去，但是神情猶豫，也走得很慢。我敢斷定，她心中一定在想着我所想的同一問題。

而眼前的楊立群和劉麗玲兩人，也講得好像愈來愈投機，劉麗玲打開車門走出來。劉麗玲本來就是一個極能吸引人的美女，這時，她只不過隨隨便便穿着一條白色的長袴，和一件碎花襯衣。可是卻襯得玉腿修長，纖腰細細，再加上長髮飛揚，風姿之佳，任何男人看了，都會自心中發出讚歎聲來。

而楊立群一看到劉麗玲自車中跨出來，顯然是整個人都叫劉麗玲吸引過去，他雙眼之中露出的那種光芒，簡直就像是一個在熱戀中的少男。我相信任何女性一接觸到這種眼光，都可以立時感到：這個男人，心中對我正感到極度的興趣。所以，我看到劉麗玲一接觸到了楊立群的眼光之後，立時現出了一種矜持的神態，避開了楊立群的目光。而楊立群，也顯然壓制着他心中的熱情，維持着紳士的禮貌。

當劉麗玲向他伸出手來之際，他們只是輕輕地互握着，而且立時鬆開手。

接着，我又聽他們在互相交換着名字，劉麗玲作了一個「請」字的手勢，

楊立群探進頭去，看看車子。

在這時候，我和白素兩人，互望了一眼，只好苦笑。我們都想問對方一句

話「怎麼辦？」可是都沒有說出口來。

我向前走去，盡力維持鎮定，向劉麗玲揮了揮手：「原來你們認識的？」

劉麗玲掠了掠頭髮：「才認識。他走出來，說女人不應該開這種跑車，我

反問他為什麼，他講了一些不成理由的理由。」

楊立群在察看車子的儀表，聽得劉麗玲這樣說，自車廂中縮回身子來：

「這種高級跑車，專為男人駕駛設計。」

劉麗玲一昂頭：「我用了大半年，沒有什麼不對勁。」

楊立群笑了起來：「當然，它可以行駛，但是它的優越性能，全被埋沒。」

劉麗玲側着頭，望着楊立群：「請舉出一項這車子的優秀性能。」

楊立群：「從靜止到六十哩，加速時間是六點二秒，有一種更新型的，已

經進展到五點九秒，我看你就無法發揮這項性能。」

劉麗玲的微笑，掛着一絲高傲：「要不要打賭試一試？」

楊立群和劉麗玲雖然在爭執，但是一男一女在發生這樣的爭執，那正是感情發展的開始。

而我極不願意看到楊立群和劉麗玲有感情發生。所以，當我看到劉麗玲一問，楊立群是迫不及待想要答應，我忙道：「不必賭了，劉小姐有高級駕駛執照，一定可以發揮這車子的最佳性能——」同時，我又推着白素：「劉小姐剛才催了你幾次，你們一定有急事，你快上車吧。」

我是想推白素上車，劉麗玲載着白素離去，那麼，就算楊立群一看到劉麗玲就雙眼發光，也許從此以後，他們兩個人再也沒有相遇的機會，那麼，自然一切天下太平。

白素的反應，在我意料之中，她一被我輕輕推了一下，立時想跨進車去。

可是劉麗玲卻一下將她拉住：「我不能送你去了，這位楊先生輕視女性，應該得到一點教訓。」

楊立群隨即仰天打了一個「哈哈」，一副不以為然，只管「放馬過來」的神態。劉麗玲立時作了一個「請」的手勢，楊立群也老實不客氣地上車，劉麗玲坐上了駕駛位，關上車門，向白素說了一聲「對不起」，「轟」地一下響，

車子已經絕塵而去，轉眼之間，便已經看不見了。

我和白素像傻瓜一樣地站着，一動也不動。而兩人之間，我更像傻瓜一些。

過了好半晌，白素才道：「他們認識了。」

我重複着：「他們認識了。」

白素又道：「他們相互之間，好像很有興趣的樣子。」

我苦笑道：「何止有興趣？」

白素笑道：「那怎麼辦？」

我搓着手：「沒有辦法。剛才我想到過，由於他們前生有糾纏，今生，一定會把糾纏繼續下去，所以，不論怎樣，他們總會相識。」

白素苦笑着，望着我：「我和你成為夫妻，是不是也是前生有糾纏的緣故？」

我歎了一聲：「照我剛才的想法，豈止是夫婦、子女、父母、朋友，甚至鄰居，以及一切相識，再甚至是在馬路上對面相遇的一個陌生人，都有各種因果關係在內。」

白素的神情有點發怔：「那，是不是就是一個『緣』字呢？」

我攤着手：「緣、孽、因果，隨便你怎麼說，反正就是那樣。」

白素歎了一聲：「楊立群和劉麗玲兩人，如果有了感情，發展下去，會怎麼樣？」

我苦笑了一下：「如果楊立群知道了劉麗玲的前生是翠蓮——」

白素打斷了我的話頭：「不要作這樣的假設，要假設楊立群根本不知道。」

我想了一想：「結果一樣。劉麗玲的前生是翠蓮，楊立群的前生是小展。照因果報應的規律來看，這一生，當然是楊立群把劉麗玲殺掉！」

白素陡地一震，叫了起來：「不！」

白素平時絕不是大驚小怪的人，可是這時，她感到了真正的吃驚。不但是她吃驚，連我也一樣吃驚。

一件可以預見的不幸事，可是我們卻一點辦法也沒有。

白素道：「我們應該做點什麼，阻止這件事發生！」

我苦笑了一下：「白大小姐，你再神通廣大，只怕也扭不過因果規律吧！」

白素不斷地道：「那怎麼辦？那怎麼辦？」

我想了一會：「我們不必站在街頭上討論這件事，你想到哪裏去？」

白素道：「本來，想去買點東西，現在不想去了。」

我挽着她，回到了屋子中，坐了下來，兩人默然相對半晌。

我道：「讓劉麗玲知道，比較好些？她和楊立群交往會有危險。」

白素苦笑道：「怎麼告訴她？難道對她說，和楊立群維持來往，結果會給楊立群殺掉？」

我被白素的話逗得笑了起來：「當然不是這樣對她說，我們可以提醒她，楊立群就是她夢裏的小展。」

白素道：「那有什麼作用？」

我道：「有作用，她自己心裏有數，她前生殺過小展，小展今世是楊立群，有前世因果的糾纏，楊立群會對她不利。她如果明白，就不會和楊立群來往，會疏遠他。」

白素苦笑着，望着我，她的神情也十分苦澀：「如果有因果報應這回事，難道可以藉一個簡單的警告就避免？」

我呆了半晌：「恐怕……不能。」

白素道：「既然不能的話，那我們還是——」

我不等她講完，就接上去道：「那我們還是別去理他們的好。」

白素喃喃地道：「聽其自然？」

我道：「這是唯一的辦法，只好聽其自然。」

白素歎了一聲：「聽其自然！事情發展下去會怎麼樣？我們已經預測到會有一個悲慘的結局，但是卻無能為力，等到慘事真的發生之後，我們是不是會內疚？」

白素問的，正是困擾着我的問題。但我沒有答案。我相信白素也不會有，任何人，在我們這樣的情形下，都不可能有什麼答案。

我苦笑了一下：「我們會很不舒服，但我想不必內疚。因為事情並不是我們促成的，前生的因果糾纏，今生來了結，那是冥冥中的一種安排，不是任何人力所能挽回。」

白素又歎了一聲，説道：「也只好這樣了。不過，我還想做一點事。」

我用疑惑的眼光望着她，白素的神情很堅決：「我要盡一切可能了解她和楊立群之間感情發展的經過，和他們相處的情形。」

我瞪着眼：「那又有什麼用？」

白素道：「現在我也説不上來，但是我希望能在緊要關頭，盡一點力，盡可能防止慘事的發生。」

我沒有再説什麼。

反正，照白素的計劃去做，也不會有害處。我道：「可以，最好不要太着痕迹。」

第六部

熱戀

很快過去了三個月。

在這三個月之中，楊立群和劉麗玲的感情，進展得十分神速，三個月之後，楊立群和劉麗玲兩人，有了第一次幽會。

劉麗玲和楊立群兩人之間的感情發展的經過，如果落在一個擅寫愛情故事的人手中，可以成為一篇極其動人的愛情文藝長篇小說。只可惜我不擅於描述這類故事，所以只好將他們從相識到第一次幽會間感情的發展，作一個簡略的敍述。

當然，他們在第一次幽會之後，感情繼續發展，也會用同一個方式寫出來。

劉麗玲對楊立群第一個印象很不好。當時楊立群從我家裏出來，他才從北方回來，困苦的生活，令得他看來憔悴，風塵僕僕，十足像一個流浪漢。

可是楊立群畢竟是一個成功人物，憔悴疲倦的外形，並不能掩飾他那種獨特的神采，所以，當他被劉麗玲的艷光所吸引，而走到車子附近，一開口，談到車子之際，劉麗玲立時也被他所吸引。

劉麗玲的最大興趣之一是開快車，而楊立群也恰好是這方面的專家，所以開始的時候，他們雖然對於劉麗玲所駕駛的那種跑車，在意見上發生爭執，而當劉麗玲載着楊立群疾駛而去之後不久，楊立群竟對這種跑車的性能，瞭若指

掌，已經使劉麗玲佩服得難以形容。

等到楊立群坐上了駕駛座，將這種跑車的性能，發揮到淋漓盡致的時候，劉麗玲更加佩服，直到幾小時之後，他們已經盡了興，雙方才互相介紹自己。

當劉麗玲拿着楊立群的名片，看着名片上一連串銜頭，心中更是驚訝，她望着名片，又望了望眼前幾乎有點衣衫襤褸的楊立群：「你在幹什麼？微服私訪？」

（我知道這些經過，全是白素事後了解的，向我轉述的，而我用他們兩人直接交談的形式寫出來，以便各位容易明白當時的情形。）

楊立群笑着，說道：「當然不是，我到了一個你做夢也想不到的地方，去做一件你做夢也想不到的事。」

劉麗玲睜大眼，望着楊立群：「哦？什麼事？」

（劉麗玲這樣問，可能是由於真的好奇，也可能只是順口一問。但當我聽得劉麗玲這樣敘述，心中十分緊張。因為我見過劉麗玲，知道她是一個美女。美女有異樣的魅力，會使一個男人對她滔滔不絕地講出許多話來。要是楊立群將他做過的事，到過的地方講了出來，劉麗玲就立刻可以知道兩個人的夢是一樣的了。）

（謝天謝地，楊立群沒有講。）

楊立群笑了笑：「講出來你也不相信，十分荒誕無稽。」

楊立群所做的是：去尋找一個他從小就不斷在做的夢，這種事，當然不容易使人相信，楊立群這樣回答，十分得體。而劉麗玲也沒有再追問下去，或許是她覺得，初相識，不應該對他人的私事，尋根究底。而以後，劉麗玲也沒有再問及為何初見面的那天，楊立群的裝扮、神情，那樣特異。

而且，以後，楊立群和劉麗玲之間，也沒有再在這件事上作過任何談論。

所以，從他們相識起，到第一次幽會的三個月中，他們兩個人之間，還絕不知道相互之間有一個同一的夢。楊立群當然也絕想不到，幾乎和他天天見面的美女，就是他千方百計要尋找的那個「某女人」。

第一次交往的經過極其愉快，他們在分手時，訂了下一次的約會。那一天晚上，當他們兩人盡興在公路上飛馳之後，由劉麗玲送楊立群回家。

楊立群和劉麗玲共處的那幾小時之中，精神愉快到極。可是當劉麗玲駕着車，轉過街角，已經可以看到楊立群那幢精緻的小洋房之際，楊立群的情緒，迅速轉變，他甚至有點粗暴，叫道：「停！停車！」

150

劉麗玲立時煞車，車子高速行進，突然停車，輪胎和路面磨擦，發出了一陣難聽的「吱吱」聲。停下車之後，劉麗玲轉過頭，望向有點心神恍惚的楊立群：「在考驗我的駕駛技術？」

楊立群苦笑了一下：「不，我到家了，謝謝你送我回家。」

劉麗玲四面看了一下，她停車的地方，四面全是空地，她笑了一下：「我不知道你住在草地上，好像也看不到你搭的帳幕。」

楊立群向前面那幢小洋房指了一指，表示那才是他的住所。劉麗玲笑了起來，說道：「第一次送你回家，我也不敢希望你請我進去喝杯酒，但是送到門口，輕輕吻別，總可以吧？」劉麗玲講的話，通常是男性在第一次約會之後送女性回家時說的。

劉麗玲這時，當然是看出楊立群的神情有點尷尬，而且也猜到是怎麼一回事，所以才故意這樣講，逗楊立群。

楊立群望了望劉麗玲片刻，才道：「我很想請你去喝一杯酒，可是，有人不肯。」

劉麗玲「哦」地一聲：「對，楊太太。」

楊立群道：「是的，她。」他停了一停，才又道：「對不起，我早沒有對你說。」

劉麗玲極大方，攤了攤手：「沒有必要早對我說，而且當初我們也沒有機會談到你的婚姻狀況。」

楊立群沒有再說些什麼，他一手推開車門，在準備跨出去的時候，他突然轉過身來，身子傾向劉麗玲。劉麗玲立時向後側了側身子。

劉麗玲對白素說：「當然，他想吻我，可是我卻避開了他，他一看到我身子向後側，便停止了行動，只是伸手在我的手背上，用他的手指，輕輕捺了一下，現出一個極其無可奈何的笑容，跨出車子，輕輕關上車門，直了直身子，然後又彎下身來，隔着車窗，望了我一眼，才一步一步，向他的住所走去。每一步都轉過頭來，望我一下，他走進屋子，我才駕車離去，在回家的途中，我駛得十分慢。」

白素沒有表示意見，只是「嗯」地一聲。

劉麗玲坐得更舒服一點，臉向上：「從那一刻起，我就知道，我愛他，他也愛我，奇妙到極點，偶然的相遇，互相吸引。」

到這時候，白素不能不表示意見了，她小心地提起來：「可是，楊先生已經有了妻子，而且，我想你也不致於相信男人的『妻子不了解我』！」

劉麗玲道：「當然我知道他有妻子，可是夫妻是夫妻，愛情是愛情，和婚姻，完全是兩回事。」

白素「哦」地一聲：「我不知道原來你還擅長於寫愛情文藝小說！」

對白素這樣講法，劉麗玲的心中非常不高興，她道：「不是寫小說，這是人生。這真是人生，我遇到了他，他遇到了我，我們彼此，在第一小時的交往之中，就可以互相明白地知道，我們在一起，無比快樂。人生除了追求快樂之外，還能追求什麼？」

白素歎了一口氣，沒再說什麼。

至於楊立群那天回家之後的情形，後來楊立群講給劉麗玲聽，劉麗玲也轉述了出來。由於整件事發展到後來，錯綜複雜之極，所以楊立群和他妻子之間，發生了一些什麼事，也很有記述一下的必要。

門打開，楊立群走進門，門內是個小小的花園。楊立群一進門，就不禁皺了皺眉。

楊立群在的時候，小花園中的花草樹木，由他親自打理，一切都很整潔，這時，他看到的是雜草叢生的一幅草地，一圈玫瑰花，大都已經枯黃，幾朵瘦小的花朵，正在掙扎着開放。

楊立群略停了一停，抬起頭來，就看到他的妻子，站在建築物的門口。

簡單地介紹一下楊立群的妻子孔玉貞女士。她受過高等教育，出身富裕家庭。父親是本地一個十分有名望的工業家，發迹甚早。老一代的工業家在經營方式上比較保守，所以近幾年來，好像有點黯然失色。不過孔家的企業，仍然實力雄厚。

孔玉貞和楊立群在美國留學時認識，兩個人唸的大學不同，但是留學生之間互相常有來往，所以成了密友，然後，成為夫婦。

結婚之後回來，楊立群開創事業，成就一天比一天大，當年談情說愛時的熱情，卻一天比一天減退，夫婦間感情開始減退，事實上，不能怪任何一方，是由男女雙方性格所造成。

有的男女，可以長期相處，但是有的，卻不能長期相處。孔玉貞和楊立群，不幸屬於後者。楊立群極好活動，有永無止境的活力，而孔玉貞卻一點也

154

不好動，只希望享受丈夫給她的溫馨。對於丈夫興高采烈的活動，尤其是事業上的活動和成就，每當楊立群向孔玉貞提及時，在孔玉貞看來，實在沒有什麼了不起，因為她自小就生長在一個事業成功的家庭之中。

孔玉貞反應冷淡，每一次都令得楊立群為之氣沮，極不愉快。

另一方面，他們性生活不協調，孔玉貞保守，使得楊立群到外面去結識女人。等到事情一次兩次被孔玉貞知道之後，夫婦之間的感情，自然更加冷淡。

感情冷淡，是極其可怕的惡性循環，只有愈來愈向壞方面滾下去，而不會有奇蹟式的向好方面轉頭的情形出現。

楊立群和孔玉貞之間的情形，就是如此，他們同牀異夢，已經很久。這時，楊立群進門，看見孔玉貞站在樓梯口，冷冷地望着他。楊立群走向樓梯，說道：「我回來了！」

出遠門回來，夫婦小別重逢，在正常的情形下，有許多話可以說。但是他們夫婦關係不正常，所以楊立群在講了那一句話之後，竟然沒有別的話可以說下去。而且，這時候，如果另外有一條路可以上樓的話，他一定會繞道而行，避開孔玉貞。

孔玉貞神情冰冷，冷冷地道：「送你回來的那個女人，怎麼不請她進來坐坐？」

以孔玉貞的教養而言，「那個女人」這樣的話不應該出口，她至少應該說「那位小姐」，但由於她心中極度不滿，所以連帶講話也粗俗了許多。這種說話的語氣，令得楊立群立時起了極大的反感，他也沒有了風度，冷笑道：「或許人家根本不喜歡看到你。」

孔玉貞提高了聲音：「像你一樣，不喜歡看到我？」

楊立群才從和劉麗玲相處的極度愉快之中回來，孔玉貞的那種態度，就令他更反感，他竟毫不考慮地道：「是，我不喜歡。」

孔玉貞的臉色更難看，聲音也變得更尖利：「那你為什麼要回來？」

楊立群立時轉身，大踏步走向門口，才轉過身來，對扶住了樓梯扶手、身子不由自主發抖的孔玉貞道：「是的，我不應該回來，我做錯了，現在，我改正錯誤。」

楊立群說完了這句話，一腳踢開門，向外就走，孔玉貞直了直身子，想叫住他，可是自尊心令她沒有發出任何聲音。

156

楊立群出了屋子，當晚住宿在酒店中。第二天回公司處理事務，一方面又和劉麗玲通電話。他們有了第二次約會。

第二次約會，據劉麗玲的敘述，十分隆重。那是在第一次偶遇之後的第一次正式約會，劉麗玲刻意打扮，而楊立群，也精心修飾。

精心修飾的楊立群，看起來一切全隨隨便便，但是卻又令人感到極度的舒適。打扮得恰到好處的劉麗玲，更是艷光四射。

從黃昏時開始，一直到午夜，才想到該分手了，時間在他們相聚時，幾乎不存在，一分鐘像一秒鐘那樣快速地溜走，驀然之間，已是午夜。

他們在劉麗玲的車子中，劉麗玲的頭向後略仰，令得她的一頭長髮，瀑布一樣地向下瀉，襯着乳白色的汽車坐椅背，看來極其迷人。

她眨着眼：「還是我送你回家？」

楊立群也將身子向後靠，靠成了一個和劉麗玲身子傾斜度平行的角度，側着臉，望着劉麗玲，道：「那天，我一進去就出來，以後，一直住在酒店。」

劉麗玲「哦」地一聲：「酒店，不是家？」

「酒店當然不是家，可是——」楊立群的聲音變得低沉：「酒店也有酒店的

好處。」

劉麗玲嬌笑了起來：「譬如說，可以召來各種各樣的女人！」

楊立群微笑着，並不否認，他很明白，在劉麗玲這樣的女性面前，不必自認為道德君子。一個浪子型的男人，更能夠令得劉麗玲傾心。他道：「是的，像昨天，就有兩個金髮女郎。」

「兩個？」劉麗玲揚起眉來，眼望着外面。

「兩個。」楊立群的聲音很低沉。

劉麗玲沒有說什麼，只是突然之間，發動車子，車子直衝向前，由郊外到達市區，然後，又突然停車，仍然不望楊立群，說道：「請下車。」

楊立群一言不發，打開車門，將劉麗玲的手輕輕拉起來，在她手背上吻了一下，關上車門，頭也不回，就向外走開去。

劉麗玲在車子裏，一直望着楊立群的背影，咬着下唇，心中一片迷惘，實在不知道自己應該想些什麼才好。不過在紊亂的心情中，有一點她倒可以肯定，她愛上了楊立群，另一點也可以肯定的是，楊立群也愛她。

這樣的愛情，在成年人之間，應該沒有問題，問題是在於兩個人如何在一

158

個適當的場合之下，打破雙方間的矜持，迅速地使雙方的關係變得更直接，不必再依靠築起堤防的語言，來保護自己的自尊心。

這樣的機會，在以後幾次的約會之中，都沒有出現，但是楊立群和劉麗玲之間的感情，卻愈來愈進展，直到那一天，在楊立群的遊艇的甲板上，夕陽西下，遊艇停在遠離塵囂的海面之上，他們兩人並頭躺着，讓海風圍繞着他們的身子。

楊立群的眼向下，陶醉在劉麗玲修長潤滑的雙腿上，劉麗玲的頭髮，被風吹起，拂在楊立群的臉上。楊立群伸了伸手臂，劉麗玲自然而然，抬了抬頭，枕在楊立群的手臂上。

兩個人的呼吸，都開始有點急促，劉麗玲道：「昨天，我在律師那裏，簽了字。」

楊立群轉過臉去。劉麗玲也恰好轉過臉來，楊立群現出了一個詢問的神色來，劉麗玲的聲音很低：「我簽了字，他也簽了字，我的離婚手續已經完全辦好了。」

楊立群「哦」了一聲，沒有別的反應。

曾經結過婚，這是劉麗玲的一個秘密，她不想人家知道這個秘密，也不會輕易對人講起，但這時，她認為應該對楊立群說明這件事。這是一種十分微妙的人與人之間的關係，到了一定的時候，在一定的場合下，有了一定的機緣作基礎，一個人會向另一個人，吐露一些心中的秘密。

楊立群的反應，看來不經意和冷淡，這令得劉麗玲有點尷尬。

劉麗玲略帶自嘲地道：「我曾經結過婚，你想不到嗎？」

楊立群的神態，看來一本正經：「是的，真想不到。」他講到這裏，略頓了一頓，劉麗玲的心中，正在不知是什麼滋味之際，楊立群已經立時道：「因為我還是一個處男，想不到那麼多。」

他講完這句話之後，就哈哈大笑起來，劉麗玲一躍而起，作勢要踢他，他捉住了劉麗玲的腳踝，劉麗玲倒了下來，兩人緊緊擁在一起，在甲板上打着滾，一直滾到一堆纜繩旁邊才停止。

遊艇在海上，一直到第二天下午才啟航回市區，劉麗玲在兩天後，和白素一起吃午飯時，偷偷地將經過告訴了白素。

白素當時正在喝湯，她不是不夠鎮定的人，可是聽了之後，手也不禁有點

發抖，她忙道：「麗玲，我認為，不論你多麼愛一個男人，在他面前，多少還是保留一點最後秘密的好。」

劉麗玲滿臉春風：「我不想在他面前，保留任何秘密，我想他也是一樣。」

白素更加吃驚：「你準備對他說一切關於你的事？甚至⋯⋯包括⋯⋯那個夢？」

白素在說到「那個夢」之際，聲音變得十分低，而且充滿了神秘。劉麗玲的臉色，在聽了白素的話之後，迅速變得憂鬱，低下頭，過了好一會，她才道：「這個夢，我不會對他說。可是如果我們生活在一起，他一定會知道。」

白素盯着她：「難道你一直──」

劉麗玲道：「是的，除非我不做這個夢，不然，一到最後，我一刀刺進了⋯⋯」

白素忙道：「不是你刺人，是夢中的那個女人用刀刺人。」

劉麗玲苦笑了一下：「那個女人就是我！一定就是我！」

白素按住了她的手臂：「你絕不能這樣想，那不過是一個夢，那個女人，是你在夢中的化身。」

劉麗玲的神情更苦澀：「為什麼我會有這樣的夢？夢中的那個女人，一定是我……是我在什麼時候的經歷，或許，是我的前生？」

這是在劉麗玲口中首先提出「前生」兩個字來，白素一聽，連忙用旁話打岔：「前生？人對於今生的事，尚且不能知道，還談什麼前生！」

劉麗玲呆了片刻，才道：「總之，每次有這樣的夢，夢醒之後，我一定會發出極其驚恐的呼叫聲，在驚叫中醒來，這種情形，並不是每一個人都有，他一定會問我，我該怎麼説？」

白素又吃了一驚：「麗玲，你才跟我説你們在遊艇上……怎麼那麼快就討論到同居了？」

劉麗玲大方地笑了一下：「不是討論到同居，而是已經同居了。」

白素「哦」地一聲，有點不知道怎麼回答才好，過了一會，她才道：「可能我的腦筋太古老了，有點不適合這個時代的男女關係。」

劉麗玲道：「當然，因為你有十分美滿的幸福婚姻，不需要另外再去追求快樂的男女關係，簡直是生命的組成部分，一旦有了這樣的愛情，我可不願意浪可以給自己快樂的男女關係，所以你才感到意外。像我那樣，可以令我感到快

費半秒鐘。」

白素似是「哦哦」地應着。劉麗玲道：「我們既然已經相愛，又全是成年人，何必再忸怩，他已經搬到我的住所來。」

白素總算明白了劉麗玲和楊立群之間的最近關係，她試探着問：「那麼，在你們一起的幾晚之中，你並沒有做……那個夢？」

劉麗玲道：「還沒有，但是我知道，遲早，我一定會做這個夢，一定會在尖叫中醒過來。」

白素緊握着她的手：「就算是，也不要緊，你就說做了一個噩夢，任何人都會做噩夢，他也不會追根尋底。」

劉麗玲用湯匙攪着湯，低聲道：「唯有這樣解釋，唉，真不知道為什麼會有這樣的夢。」

白素沒有再說什麼，劉麗玲在憂鬱了一會之後，又開朗了，像是一個初戀的小女孩，向白素說了許多有關楊立群的事，在她眼中看來，楊立群沒有一樣不好，每一個小動作都可愛。沉醉在愛河中的人，看起對方來，全是那樣。

白素在向我轉述這些情形之後，搖着頭：「楊立群和劉麗玲還完全不知道

他們前生有糾纏，看來楊立群也很小心，不至於將自己的夢對劉麗玲提起。」

我歎了一聲：「正如你所說，知道和不知道，結果一樣，他們相識，相愛，甚至已經生活在一起了。」

白素想了片刻：「如果他們知道，可能不同。楊立群會由愛轉恨，把她殺了報仇！」

我打了一個寒戰：「你說得太可怕了。」

白素喃喃地道：「但願永遠不要發生。」

事情是總會發生的，正如劉麗玲所說，只要她和楊立群生活在一起，只要她再做這個夢，這個秘密，就很難維持下去。

那一天晚上，和劉麗玲、楊立群同居之後的其他日子，並沒有分別，下午五時半，他們兩人的車子，在一個十字路口會合。然後，就像繁忙的都市馬路，只有他們兩個人在駕車，他們像頑童一樣地追逐，甚至突然停下來，兩架車靠在一起，然後自窗中探出頭來，迅速地一吻，而不顧前後左右人的大聲嚷罵或吹口哨。

到家之後——還是劉麗玲的住所。劉麗玲本身事業極成功，她過着豪華的

164

生活，她的住所，布置得十分舒適。劉麗玲和楊立群的同居生活，有一個其他男女所沒有的優點，就是他們兩個人全不在乎錢，所以誰住在誰的屋子裏，都不會有自卑感。

一進門，他們兩人就熱烈地擁抱，然後，是熾熱得連鋼板也會融化的一個多小時，他們才嘻哈笑着淋浴，開始播放音樂，一起煮食、進餐，然後再沉浸在音樂之中。在他們兩人的天地之中，只有歡樂。

午夜，他們並頭躺了下來。不久，劉麗玲先睡着了。才睡着不久，她就開始做夢，夢一開始，她在一口井旁，從井水的倒映之中看着她自己。

在夢中，劉麗玲再不是劉麗玲，是一個叫作翠蓮的女人。

夢境一絲不變，到了最後，翠蓮一刀刺進了小展，小展用那種怨恨之至的眼光，望向翠蓮，夢醒了！

和以往無數次一樣，劉麗玲是在極度的驚恐之中，尖叫着驚醒的，而且身子立時坐了起來，睜大了眼。

事後，劉麗玲對白素這樣說：「我一坐起來，立時睜大了眼，但是在最初的剎那間，我什麼也看不到，只感到夢裏面，那個小伙子怨毒無比的眼光，仍

然在我的面前，我實在太驚恐了，意識到，立群就在我的身邊，我不應該尖叫，他會問我為什麼，我不想他知道我經常會做這種怪夢，可是我卻實在忍不住。」

白素問道：「為什麼？你是一個很有自制力的人。」

劉麗玲苦笑道：「因為那時，我已經完全清醒了，完全從夢中醒了過來。」

白素聽得莫名其妙：「既然完全醒了過來，那你更應該——」

白素的意思是，既然完全清醒了，就更可以忍住尖叫，忘掉夢中的驚恐。

劉麗玲在不由自主地喘着氣：「是，我已經完全清醒了，可是我卻清楚看到，有一對充滿怨毒的眼睛，就是夢中的那一對，就在我的面前，就在我的面前！」

當時，這樣的情景，一定令劉麗玲駭懼已極，所以她向白素講到這裏，她不由自主，用手遮住了臉。白素也聽得心頭亂跳，勉強說了一句：「那……怎麼會，不會的。」

劉麗玲道：「一看到那對眼睛，又尖叫了起來，但是我立時發現，用那種眼光望着我的是立群，他也坐着，滿頭是汗，甚至額上的青筋也現了出來，而且，在大口喘着氣，樣子極其痛苦。」

白素「啊」地一聲，她已經猜到發生了什麼事，但是卻沒有說什麼。

劉麗玲又道：「我叫了兩聲，立群一直望着我，我勉力定了定神：『立群，你幹什麼？』立群又喘了幾聲，才十分軟弱無力地道：『對不起，嚇着你了，我才做了一個噩夢。』我『哦』了一聲：『我也才做了一個噩夢。』立群的神態，迅速地恢復了正常，他抹着額上的汗：『一定是太疲倦了，所以才會做噩夢。』我表示同意，我們又躺了下來。」

白素聽得十分緊張：「他沒有問你做什麼噩夢？」

劉麗玲說道：「沒有。為什麼要問？我也沒有問他，噩夢就是噩夢，每一個人都會做，有什麼好問！」

當白素向我轉述之際，我聽到這裏，不禁歎了一聲：「偏偏他們兩人的噩夢不同！」

白素吸了一口氣：「你有沒有留意到劉麗玲敘述，他們兩人，同時進入夢境，在夢境所發生的一切，完全配合，翠蓮一刀刺進小展心口，也正是小展中刀的時候。」

我怔了一怔：「是，這說明他們兩人，同時進入夢境，在夢境所發生的一

白素現出駭然的神情來：「以前就是這樣？還是當他們兩人睡在一起之後，才是這樣？」

我苦笑道：「誰知道！」我講了之後，頓了一頓，才道：「第一次，他們兩人互相不問對方做了什麼噩夢，第二次可能也不問，第三次呢？以後許多次呢？只要一問，楊立群就立即可以知道他要找的『某女人』是什麼人！」

白素苦笑道：「照他們兩人如今熱戀的情形來看，就算楊立群知道了，怕也不會怎麼樣吧？」

我重複着白素的話，語音苦澀：「怕也不會怎麼樣吧，誰知道事情發展下去會怎麼樣！」

白素苦笑着：「最安全的辦法，當然就趁現在就拆開他們，但是我想，世界上沒有人，沒有任何力量可以做到這一點。」

我歎了一聲，我也相信是。楊立群和劉麗玲都不是少男少女，他們都極有主見，這一類的人，絕不輕易言愛，而一旦愛情將他們聯繫在一起，也就沒有什麼力量可以拆開他們。我又歎了一聲：「只好由得他們，看來，不論事情如何發展，都不是人力所能挽回的。」

168

白素的神情很難過：「我們兩人最難過，明知會有事情發生，卻一點辦法也沒有。」

我也神情苦澀：「那有什麼辦法，或許這也是前世因果。說不定你的前生，就是那個瘦長子。」

白素「呸」地一聲：「你才是那個拿旱煙袋的。」這樣一說，氣氛輕鬆了許多，反正是沒有辦法的事，也只好丟開一邊。

在劉麗玲和楊立群同時「做噩夢」的第二天，劉麗玲就向白素敘述了經過，白素在中午向我轉述，下午，她不在家，我正在整理一些文件，和另外一件怪異的事情有關，日後我會記述出來。

下午三時，門鈴突然響起，我聽到老蔡去開門，又吩咐來客等一等。我伸手翻了翻記事本，今天下午三時，我並沒有約會，可知來人是不速之客，並未經過預約。

我聽到老蔡拒客的聲音，而來人則在嚷叫：「讓我見他，有要緊的事。」

我一聽聲音，那是楊立群。

我站了起來，打開書房門，看到楊立群正推開老蔡，向上走來，我沉下

臉：「楊先生，你有所謂要緊的事，我沒有！」

楊立群呆了一呆，他當然聽得出我言詞之中的不滿，可是他還是迅速向上走來，來到我的面前，直視着我。

我也瞪着他，足有半分鐘之久，他才道：「好，我認輸了。」

我一聽，失聲笑了起來：「楊先生，我和你之間，並無任何賭賽，有什麼輸贏？」

楊立群一怔，陡然叫道：「有。我賭你會忍不住好奇心，想繼續知道我搜集到的資料。」

我一面讓他進書房坐，一面哈哈大笑：「你證實了人有前生，對於你前生的一些細節問題，怎麼會有興趣？」

楊立群才坐下，又陡地站了起來：「你一定有興趣，一定會有。」

我攤開雙手，道：「好吧，你一口咬定我會有興趣，我也不妨聽一聽。」

楊立群道：「可是，你得告訴我，那個『某女人』是誰，在哪裏！」

我又笑了起來：「楊先生，你曾自稱自己是個商人，我看你不是太成功。你有一批水貨，每天白付倉租，有人肯代你免費運走，已經上上大吉，你還有

什麼條件討價還價？」

楊立群睜大着眼，望着我，大口喘着氣。他那時候的樣子，和上次收錄音帶離去時的那種狡獪神情相比，有天淵之別，看來可憐得很。

我正想開口勸他，別再枉費心思去尋找「某女人」，也別將前生的事，糾纏到今生來。可是我還沒開口，他已經啞着聲叫了起來：「我一定要找到她，一定要！」

我有點厭惡：「你這個人，怎麼——」

我的話還沒有講完，楊立群又叫了起來：「非找到她不可，要不然，我就不會有幸福。」他叫着，停了一停：「我目前極幸福，我不想這種幸福的生活，遭到破壞。」

楊立群這樣說，我真的有點發怔。他說他目前的生活極幸福，那自然是指他和劉麗玲之間的關係。而他卻拚命去找「某女人」，那才真的沒有幸福！

當然，我決不會向他說明，我望着他，他喘得更劇烈：「昨天晚上，我又做那個夢。」

我仍然只是「哦」地一聲，楊立群捏着拳，叫道：「我從噩夢中驚醒，將

睡在我旁邊的人，嚇得驚叫起來。」

我竭力裝出若無其事的樣子來，心中不知是什麼滋味。

楊立群以為劉麗玲的尖叫，是被他嚇出來的。不知道劉麗玲的尖叫，完全是由於她自己的夢。

我心中在想，楊立群的這種誤會，不知道可以持續多久？正當我在想的時候，楊立群已經粗暴地推了我一下：「你現在明白了？」

我假裝糊塗：「我一點也不明白，睡在你身邊的人，是誰？」

楊立群像是想不到我會有此一問，呆了一呆：「劉麗玲。」

我裝出詫異的神情來：「你們的感情，進展神速。」

楊立群悶哼一聲：「第一次，我可以向她解釋，我做了一個噩夢，但如果次數多了，每次半夜三更，將她驚醒，她會以為我有神經病，會離開我。」

我喃喃地道：「你的神經本來就不正常。」

楊立群陡地叫了起來：「告訴我那個女人是誰，我就可以終止那個噩夢。」

我不禁大是惱火，厲聲道：「放你的狗臭屁！就算你知道了那女人是誰，你用什麼方法可以不使自己再做噩夢？照樣刺她一刀？」

楊立群給我一罵，臉漲得通紅，張大了口，一句話也説不出來。

我繼續對他毫不客氣地罵道：「別做你的春秋大夢了，你是一個神經病人，我建議你好好去接受治療，離開劉小姐，她是一個好女孩，你這種神經不健全的人，不配和她在一起。」楊立群被我的話激怒，他陡地狂叫了起來，跳着，衝向我，揮拳向我打來，我一伸手，抓住了他的拳頭，用力一推。

那一推，將他推得向後連跌出了七八步，重重撞在牆上，令得他的神智清醒了些。所以，當他再站定的時候，狂怒的神情不見了。他喘着氣，抹着汗，垂着頭，向外走去。當他走到門口的時候，他才向他帶來的那個小包，指了一指：「全部錄音帶都在，你可以留着慢慢研究。」

我正想拒絕他的「好意」，他又神態十分疲倦地揮了揮手：「你當是可憐我，讓我去見一見那個在前生殺了我的女人。」

我這時，倒真有點同情他，忙道：「你見到了她，準備怎麼樣？」

楊立群歎了一聲：「我？我當然不會殺她。我只不過想知道，她為什麼要殺我，讓我解開心頭這個結，或許不會再做這樣的夢。」

我苦笑着，明知道自己絕無可能答應他的要求，但我還是只好暫且敷衍着

他：「我看也未必有用，不過可以考慮。」

楊立群無助地向我望了一眼，再指了指錄音帶：「你聽這些錄音帶，可以

知道我的發現，其中有一些極其有趣。」

我不知道他這樣說是什麼意思，而且關於他的事，我也必須和白素商量一

下，所以我道：「明天你有沒有空？這個時候，我們聚一聚？」

楊立群望了我半晌：「好。」

第七部

幾十年前的嚴重謀殺案

平時，日子一天天過，如果沒有什麼意外發生，一個隔天的約會，十分平常。我當時準備聽了錄音帶，再好好勸解楊立群，不要再把前生的事，和今天的生活糾纏不清。

我絕想不到，明天，到了約定的時候，我會在一個決料不到的場合見到他。

自然，這是明天的事，在記述上，應該押後。

楊立群答應了一聲，向外走去，我送他出門，看他上車離去，他才一走，我就以一百公尺衝刺的速度奔回來，抓起錄音帶，直衝進書房。

上次楊立群賣了一個關子離去，恨得我牙癢癢，由於他提出的條件我無法答應，所以只好心中懷恨。這時能夠得償所願，我半秒鐘也不再耽擱。

打開小包，取出錄音帶，裝好，找到了上次中斷的地方，才繼續用心聽。

以下，就是錄音帶我未曾聽過的部分。

李：死在南義油坊裏，俺到的時候，保安大隊的人也來了，還有一個女人在哭哭啼啼，俺認得這個女人，是鎮上的「破鞋」。

楊：那「破鞋」──

李：人長得挺迷人，好像是叫……是叫……對了，叫翠蓮，聽說鎮上的男人，十個有八個，跟她有過那碼子事，這女人哭着，對保安大隊的人說，她來的時候，大義哥已經中了刀，不過還沒有斷氣，對她說出了兇手的名字。

楊：（失聲）啊——

（我知道楊立群為什麼聽着李老頭的話，會突然失聲驚呼一下，因為他知道翠蓮在撒謊。）

（翠蓮的謊言，楊立群可以毫不思慮，就加以指出，但在當時，完全沒有人可以揭穿她的謊言。）

李：（繼續地）那破鞋告訴保安隊，大義咽氣時，說出兇手的名字是王成！

楊：王成是什麼人？

孫：（聲音不耐煩地）楊先生，你老問這種陳年八股的事，有什麼意思？

楊：（憤怒地）你別管我，要是你對我有什麼不滿意，可以向你的上級去反映！老大爺，王成是什麼人？

李：王成是鎮上的一個二流子。

（如果楊立群在一旁，他可能又會按下暫停掣，問我明不明白「二流子」是什麼意思。二流子，就是流氓混混，地痞無賴。）

李：保安隊的人一聽就跳了起來，嚷着，快去抓他！快去抓他！當時俺一聽……一聽……

（在這裏有楊立群的聲音作補充，李老頭的神情變得十分忸怩，像是有難言之隱。）

楊：請說，你怎麼了？

李：（聲音很不好意思地）俺一聽保安隊要抓王成，就發了急——

孫：（插口）那關你什麼事？

李：（聲音更不好意思）王成……平時對俺很好，經常請俺吃點喝點什麼，所以，一聽要去抓他，心中很急，拔腳就奔，要去告訴王成，叫他快點逃走——

楊：等一等，老大爺，你是怎麼啦？展大義是你哥哥，你想叫殺你哥哥的人逃走？

李：（激動地）這是那破鞋說的，俺根本不相信王成會殺人，那破鞋不是好人！

孫：哼，老大爺，這你可不對了！

李：俺那時是小孩，也不知什麼對不對？俺奔出去，沒人注意，奔到鎮上，衝進王成的家，他家裏很亂，人不在，鄰居説他好幾天沒回家，再去找他，也沒找着，以後也沒見過他！

楊：那麼，以後展大義的事呢？

李：（遲疑地）草草葬了大義，鎮上的人議論紛紛，王成一直沒露面，保安隊也不了了之，以後，也沒有什麼人再記得了。

楊：（聲音焦切地）你再想一想，是不是還有記得起來，有關展大義的事？

李：對了，有。保安隊有一個小鬼隊員，年紀比我大不了多少，一天忽然對俺説：要是展大義不死，應該是大財主，俺問他這是什麼話，他説，早半年，鎮西，有一夥客商，全都中毒死了，所帶的錢、貨不知下落，就是展大義幹的。俺聽了，恨不得一拳打落他的兩顆門牙。

楊：這並不重要，那個⋯⋯破鞋，後來怎樣來了？

李：那破鞋在鎮上，又住了一個來月，忽然不知去向，以後也沒有再見

過她。

楊：你就知道這些？

李：是，還有兩個人，對了，還有兩個人，經常和王成一起的，也不見了，那兩個，也是鎮上的混混。

楊：王成……那王成是什麼樣的？

孫：（大聲）楊先生，你究竟在調查什麼？

楊：告訴你，你也不明白！老大爺，請說王成是什麼樣的？

李：這……這……時間太久了……

楊：你盡量想想！

李：是一個瘦子，個子很高，我看他的時候，一定要仰着脖子才能看他，樣子……我真記不起了。

楊：（聲音很低，喃喃地）那瘦長子！

孫：你說什麼？

楊：老大爺，謝謝你，很謝謝你。

這一卷錄音帶，就到此為止。

楊立群在李老頭的口中，不但證實了當年在油坊中發生過的事，而且，還具體地證明了幾個人的存在：展大義、翠蓮、王成（那毆打小展的三個人之中的瘦長子）。

若干年前，的確，曾有如楊立群夢中的事發生過。這是楊立群前生的經歷。我又取起了第二卷錄音帶，一放出來，全是楊立群的聲音。

楊立群的聲音道：「和李得富談過話，我可以肯定，我的夢，是我前生的經歷。本來，我有一種強烈的感覺，感到我前生和那幾個毒打我的人（其中一個叫王成），和翠蓮之間，還有一種不可了解的糾纏。我想弄明白。

「時間已經相隔那麼久，而且在這段時間內，兵荒馬亂，不知曾經過了多少變動，實在是沒有什麼可能有新的發現。

「我還是繼續努力，一直在查，又查了十多天，沒有結果。姓孫的極不耐煩，我只好回到縣裏。在縣裏，我無意中知道，有一批相當舊的檔案保留着，我忙要求查看這些檔案，又等了半個月，才得到批准，這些檔案，對當年發生的事，多少有一點幫助了解的作用，所以我將其中有關的，全抄了下來。」

我聽到這裏，不知道楊立群所指的「檔案」是什麼。我拿起一個牛皮紙

袋，抽出了一疊紙，上面寫着十分潦草的字，顯然楊立群在抄寫那些檔案的時候，環境不是很好，其中有的紙上有許多水漬，我相信那是楊立群汗水滴在紙上的結果。其一，展大義死在油坊裏。另一宗，更加嚴重，一共牽涉到了四條人命。由於原來檔案所用的文字，半文不白，十分古怪，而且相當凌亂，所以我不原文照錄，而是經過整理之後，簡單說明檔案的內容。

第一宗案，展大義被人刺死，行兇人王成在逃。檔案中有詳細的「屍格」，那是死者的受傷部分大小形狀，以及由何兇器致死的描述。展大義的死，並沒有新的可供敘述之處，只是說明兇手王成，一直未曾抓到而已。

（在早年，很少用「疑兇」這個字眼，檔案中用的一直是「兇手」。可想而知，幸而王成未被抓到，若是抓到了，一定是一宗冤獄。）

第二宗案件，極其駭人，有四個過路客商，在經過多義溝的時候，一齊倒斃在路邊的一個茶棚中，七孔流血，膚色青黑，中毒斃命。

（這種「茶棚」，在北方鄉下常見，並沒有人管理營業，只是一桶茶，在窮鄉僻壤，茶泡浸榆樹葉子，並非茶葉。茶的來源是一些好心人挑來的，方便過

往途人，口渴了可以取飲，有時，也有好心的老太太，用炒焦了的大麥沖水來供應途人飲用。

中毒斃命的四個人，顯然飲了茶桶中的茶之後致死，經過調查，證明桶中剩餘的茶有毒，可以令人致死。

（檔案中沒有說明是什麼毒，而且驗出有毒的方法，也相當古老，是用銀針浸在桶裏的茶中，確定有毒。）

當然是有人故意下毒的。而且，客商隨身所帶的錢貨，盡皆失盜。

屍體被人發現之後，有一個人曾在事前經過那個茶棚，看到一男一女，在茶棚中坐着，但未曾留意那一男一女的樣子。經過茶棚的那人，因為急於趕路，也未曾逗留。事後竭力回憶，講出男人的樣子，像是一個叫展大義的小伙子。

傳了展大義來問，卻有一個叫王成的人，竭力證明展大義在那天，整天都和他一起賭錢。一起賭錢的，還有兩個人，一個叫梁柏宗，一個叫曾祖堯。

死了的四個商人，身分查明，全是皮貨商，才將貨物脫了手回來，經過多義溝，根據各方面的了解調查，估計四人身邊，至少有超過四百兩的金條，可

能還有其他的珍飾，這些財貨，全都不知所終。

這件案子是懸案。檔案中還有好幾位保安隊長的批註，看來他們都想破這件案，但一點結果也沒有，自然，時間相隔一久，再沒有人提起。

我看完了這些檔案之後，不禁呆了半晌。

楊立群不辭辛苦，將這些檔案全都抄了下來，我相信他的想法，和我一樣。

四個商人被毒殺的案件，是手段十分毒辣的謀財害命。這宗案唯一的疑兇是展大義。

除了展大義之外，還有曾在現場出現的一個女人，這個女人是什麼人？是翠蓮？

更令人啟疑的是，王成竭力證明展大義不在現場，而王成，已可以肯定，曾在油坊毒打展大義。還有兩個人，曾祖堯和梁柏宗，是三人中的另外兩個。

王成、展大義和翠蓮之間，一定有瓜葛，他們之間，曾經做過一些什麼事，因為做這件事而得到了一些東西。王成等三人在油坊會展大義，目的就是逼展大義說出這些東西的下落，而展大義卻寧願捱毒打也不肯說出來。

展大義不說，是因為他曾答應過翠蓮不說，可知王成等三人要逼問下落的東西，在翠蓮手中，翠蓮可能曾經甜言蜜語，答應與展大義分享，但結果，她卻一刀刺死了展大義！

事情的輪廓已經可以勾勒出來了。

從王成等三人的兇狠，和翠蓮行事的狠辣上，倒不難推斷出，四個商人被謀財害命一案，就是王成等三人、翠蓮和展大義五個人幹出來的。

我得到了這樣的推斷之後，心中驚喜交集，因為我已經想好了明天見到楊立群時，如何去勸他別再追尋那個「某女人」的言詞了。

傍晚時分，白素回家，我忙將一切全告訴她，也包括了我的推斷。白素想了一想：「很可能。不過，展大義是一個老實人，好像不會參加那麼兇狠的謀財害命勾當。」

我搖頭道：「難說，誰知道當時經過的情形怎麼樣？」

白素又想了一會，忽然笑了起來：「幾十年前的事，還去研究它幹什麼？你明天見了楊立群，準備怎麼對他說？」

我笑了笑：「你看過三國演義？」

白素瞪了一眼：「愈扯愈遠了。」

我笑道：「一點也不遠，關公死後顯靈，在半空之中大叫：『還我頭來！』」

他當時得到的回答是什麼？」

白素道：「嗯，一個老僧反問他：你的頭要人還，顏良、文醜，過五關斬了六將的頭要誰還？」

我一拍手：「我就準備用同樣的方法，去勸楊立群。」

白素十分高興：「這是最好的辦法了。」

當晚，我們兩人都十分輕鬆。第二天中午起，我就等楊立群來，可是等來等去，楊立群一直沒有來。一直到過了約會的時間，才突然接到了一個電話，電話是劉麗玲打來的，她的聲音十分急促：「衛先生，請你立刻到中央警局來，立群在那裏。」

我可以將楊立群的名字，和許多的稀奇古怪的地方聯在一起，什麼多義溝，什麼油坊，但是決無法和警局在一起。

當劉麗玲又重複地講了一次之後，我才「哦」地一聲：「警局？為什麼要到警局去看楊先生？」

劉麗玲的聲音極焦急：「你來了就知道，請你無論如何來一次。」

從劉麗玲的聲音之中，我聽出楊立群一定惹了什麼麻煩。不過，我也沒有怎麼放在心上，因為楊立群是一個在社會上十分有地位的人，事業成功，前途美好，就算有麻煩，也不會是什麼大麻煩的。

所以我道：「好，我立刻就來，要不要我找白素一起來？」

劉麗玲道：「能找到白素最好，找不到你快來。」

她一再強調要我快來，我放下電話，立即駕車，大約在十五分鐘之後，車駛進了中央警局的停車場，車才停下，我就看到劉麗玲向着我直奔了過來。

當她向我奔過來之際，我只覺得她穿的衣服，顏色十分特別，或者說，顏色的圖案十分特別。那是一件米白色的西裝，上面有着許多不規則的紅色斑點。

她奔得十分快，不顧一切向前衝來，這樣的急奔，隨時可以跌倒。所以，我連車門也未及關上，就向她迎了上去，一把將她扶住。

也就在將她扶住的那一瞬間，我陡地吃了一驚，令得我一時之間，只是張大了口，一句話也講不出來。劉麗玲的神情，也驚恐莫名，臉色煞白，喘着

氣，講不出話。而令得我如此吃驚的，倒不是她驚恐的神情，而是她身上的衣服。起初我以為是不規則的紅色圖案，但一到臨近，我立時肯定，那不是什麼紅色的不規則圖案，那是血！

劉麗玲的衣服上，染滿了血。

我在大受震驚之餘，所想到的只是一件事：劉麗玲的夢被楊立群知道了，她已遭了楊立群的毒手。

是以我陡地叫起來：「他刺中你哪裏？快找醫生，快！」

我一叫，劉麗玲震動了一下：「你説什麼？」

被劉麗玲這樣一反問，我在剎那之間清醒。劉麗玲不可能受傷，要是受了傷，怎麼還能奔得那麼快，一定是我剛才一看到了血漬，由於連月來所想的，是有一天楊立群會向某女人報仇，所以才有了這樣的想法。

我忙吸了一口氣：「對不起，我──被你身上的血漬嚇糊塗了！究竟發生了什麼事？」

劉麗玲喘着氣：「可怕，可怕極了。」

我雙手抓住她的手臂，用力搖着她的身子，希望她鎮定下來：「究竟發

生了——」

我的話還沒有講完，劉麗玲已叫了起來：「他殺了他……他殺了他！」

劉麗玲在叫着，可是我卻聽得莫名其妙。

「他殺了他。」那是說明了有一個人，殺了另一個人，可是，誰殺了誰？

我忙道：「你鎮定一下，誰殺了誰？」

劉麗玲大口喘着氣，還未及回答，有一男一女，兩個警官，已經急急奔了過來，來到劉麗玲的身後，女警官伸手扶住了劉麗玲：「劉小姐，你該去作證了。」

那個男警官看到了我，立時向我敬了一個禮：「衛先生，原來是你。」

我指着劉麗玲：「我是劉小姐的朋友，發生了什麼事？」

男警官道：「一件傷人案，劉小姐是目擊證人。」

我忙又問道，「誰殺了誰？」

由於我和警方的高層人員關係十分好，那男警官又認識我，所以我的問題，立時得到了回答：「一個叫楊立群的男子，傷了一個叫胡協成的人。」

我呆了一呆：「這其中只怕有誤會，楊立群是我的朋友，他不會行兇

傷人。」

男警官望了我一下：「楊立群被補之後，一句話也不說，傷者還在急救，醫院方面說，傷勢十分嚴重，如果傷者死了，那麼，這就是一件謀殺案！」

我苦笑道：「這個胡協成是什麼人？」

警官道：「傷者的身分，我們也沒有弄清楚。楊立群一句話也不肯說，劉小姐當時在場，需要她的證供，可是她卻又堅持，要等你來了，才肯作供。」

我心中疑惑到了極點，向劉麗玲看去，看到那女警官正以半強迫的方式，拖着劉麗玲向前走，而劉麗玲正在掙扎着。

我忙道：「劉小姐，你放心，我會和你在一起。」

劉麗玲聽得我那樣說，才不再掙扎，可是那女警官卻還在用力拖她，我忍不住大聲斥責：「她自己會走，你不必強迫她。」

女警官呆了一下，鬆開了手，劉麗玲挺了挺身子，向前走去，我和男女警官跟在後面。進了警局的建築物，又看到了幾個高級警務人員，迎上來，和我打招呼，用疑惑的眼光望着我。

我還未曾出聲，又看到一個中年人，提着公事包，滿頭大汗，奔了進來，

190

叫道：「我的當事人在哪裏？」

那中年人一眼看到了劉麗玲，立時又大聲叫道：「劉小姐，你可以什麼也不說。」

劉麗玲苦澀地笑了一下：「方律師，你終於來了。」

那中年人一面抹着汗，一面道：「我盡一切可能趕來。」

劉麗玲也沒有說什麼，當時的情形十分亂，那個方律師，立時和幾個警方高級人員，爭吵起來，他們大約是在爭執着法律上的一些問題。我還未曾聽他們究竟在爭什麼，就已經跟着很多人，一起進了一間房間之中。

一進入那間房間，我就看到了楊立群。

楊立群雙手捧着頭，臉並不向下，只是直視着前面，一片茫然的神情，雙眼之中，一點神采也沒有，一動也不動地坐着。他身上穿着一件絲質的淺灰色襯衫，上面染滿血漬。

在他的旁邊，坐着警方的記錄員，我注意到，記錄員面前的紙上，一個字也沒有，這證明了楊立群的確一句話也沒有說過。

一進房間，我和方律師，同時來到楊立群的身前，方律師先開口：「楊先

生，你可以不說什麼，我已經來了，法律上的事，由我負責。」他又大聲向一個高級警官嚷叫道：「保釋手續，快開始。」

那高級警官搖着頭：「不會有保釋手續。」

方律師怒道：「為什麼？我的當事人，信譽良好，有社會地位，有身分——」

那高級警官冷冷地道：「也有很好的用刀技巧，傷者中了三刀，全在要害。」

方律師伸出手來，手指幾乎碰到了高級警官的鼻子：「你這樣說，觸犯了法律，你絕對無法可以肯定，傷者被我當事人刺傷。」

高級警官的忍耐力，顯然也到了頂點，他大叫了一聲：「我就是可以肯定。」

他一面叫着，一面回頭向身後的一個警官道：「你說到了現場之後的情形。」

那警官立時道：「是。我負責一七六號巡邏車，接到了一個女人的報警電話，車恰好在出事地點附近，接到報告之後三分鐘，就到達現場。」

192

高級警官問：「現場情形怎樣？」

那警官道：「現場是一棟高級住宅，我到了之後，按鈴，沒有人開門，只聽得裏面有一個女人在尖叫：『你殺了他！你殺了他！』於是，我和一起到達的兩個警員，一起撞門，撞開門後，衝進來。」

高級警官又問：「進去之後，看到了什麼？」

那警官吸了一口氣，道：「我看到他——」

他說到這裏，指了指楊立群，續道：「看到他的手中握着一柄刀，身上全是血，也看到這位小姐，身上也全是血，想去扶一個人，那人身上的血更多，顯然受重傷，已經昏過去，那位小姐，轉過頭來，望着他——」

那警官又指了指楊立群：「又說了一句：『你殺了他！』」我立即打電話，召救傷車，並且，扣起了疑兇。」

那警官講到這裏，方律師的臉色已經難看到了極點。高級警官陰陰地說：「律師先生，我看你還是快點回去，準備辯護詞吧。」

方律師悶哼了一聲：「這種情形，我見得多了，那是自衛。」

高級警官怒不可遏，幾乎想衝過去打方律師，我忙道：「別爭，現場只有

三個人？」

那警官道：「是。」

我作了一個手勢：「傷者在醫院，楊先生在這裏，他既然什麼也不肯說，只有請劉小姐說說當時的經過，才能了解事情的經過。」

方律師立時道：「劉小姐，你可以什麼也不說。」

高級警官怒道：「在法律上，劉小姐一定要協助警方，向警方作供。」

方律師還想說什麼，我又攔住了他，大聲道：「為什麼我們不聽聽劉小姐自己的意願？」

一時之間，所有人全向劉麗玲望去，劉麗玲本來已經在另一個女警官的扶持下坐了下來，這時，又站了起來，然後，再坐下。

她現出了極疲倦的神色：「我當然要說，如果不是胡協成先向立群襲擊，立群不會奪過他手中的刀。」

方律師「啊哈」一聲，向高級警官望去，高級警官忙向記錄員作了一個手勢，示意他開始記錄，同時道：「劉小姐，請你詳細說。」

一個警官拿了一杯水到劉麗玲面前，劉麗玲喝了一口，望了楊立群一下，

楊立群仍是一動不動，一片茫然的神情，也不知他在想什麼。

劉麗玲道：「中午，我和立群一起回家——」

高級警官問道：「你和楊立群的關係是——」

劉麗玲立時答道：「我們同居。」

高級警官沒有再問下去，劉麗玲續道：「一出電梯，就看到胡協成，站在我住所的門口——」

高級警官又問：「胡協成是那個傷者？他和你們兩人有什麼關係？」

劉麗玲道：「胡協成就是我的前夫。」

一直到這時，我才知道這個受了傷，在醫院之中，生命垂危的人，原來是劉麗玲的前夫。劉麗玲曾經結過婚，看來這件事十分複雜，事情對楊立群很不利。

我一想到這裏，向楊立群看去，楊立群根本未曾動過。

劉麗玲在警局中講的話，是這件事發生的經過，她講得十分詳細，所以後來，在法庭上提出來，獲得全體陪審員的接納，相信她所說的，全屬事實。

劉麗玲的講述，我不用對話的形式來敘述，而採用當時發生的情形，將經

過呈現在眼前。

那天中午，劉麗玲和楊立群一起回家，由於是星期六，所以他們中午就回家。

（楊立群顯然未曾向劉麗玲提及和我有約會。而我也根本未曾注意這一天是星期六。）

他們一出電梯門，就看到了胡協成。楊立群和劉麗玲，摟成一團走出電梯來，一看到了胡協成，劉麗玲立時推開了楊立群。

楊立群並不認得胡協成，但是他也覺出，這個站在穿堂之中，獐頭鼠目，神情猥瑣到難以形容的男人，一定和劉麗玲有着某種關係。他想伸手去握劉麗玲的手，但劉麗玲卻避開了他，只是用冰冷的語氣，向胡協成道：「你來幹什麼？」

胡協成涎着臉，裝出一副油滑的樣子，一面斜着眼看楊立群，一面砸着舌：「來看看你！」

一個如此獐頭鼠目的男人，裝出這樣的神情，惹人厭惡的程度，可以說是到了頂點。劉麗玲曾和他有過一段極不愉快的婚姻，深知他為人的卑鄙，厭惡

之情，更是難以自制，她語氣更冷：「你走！」

楊立群已經忍不住了，大聲道：「麗玲，這是什麼人？」他又瞪向胡協成，喝道：「讓開！」

胡協成一聽楊立群喝他，立時歪起了頭，用手指着自己的鼻子：「我是她的什麼人？我是她的丈夫！你是她的什麼人，姘夫！」

胡協成的樣子不堪，話更不堪，楊立群無法忍受，立時要衝向前，劉麗玲伸手攔住了他，向胡協成道：「我們已經離婚了。」

胡協成冷笑着：「一夜夫妻百夜恩，何況我們做了將近三年夫妻，你想想，在這三年中，我們——」

胡協成接下來的話，不堪之極，無法複述，楊立群大喝一聲，一伸手，就抓住了胡協成的衣領，將胡協成拉了過來，在胡協成的臉上，重重摑了一下。

胡協成發出了一下怪叫聲，突然一揚手，手上已多了一柄鋒利的西瓜刀，刀尖抵在楊立群的頸上。楊立群顯然未曾想到對方會出刀子，一被刀尖抵住，也無法再有任何行動。

劉麗玲一看到這種情形，陡地叫了起來，但是她才叫了一聲，胡協成便已

惡狠狠道：「再叫，我就一刀刺死他，再叫！」

劉麗玲想叫，又不敢再叫，胡協成的神情，兇惡到了極點，一面緊緊地用刀尖抵住了楊立群的咽喉，一面喝道：「開門，進去說話。」

劉麗玲忙道：「沒有什麼好說的，你要錢，我給你好了。」

胡協成又喝道：「開門，要不我就殺人！你知道我什麼都沒有，連老婆都跟了人，我怕什麼！」

劉麗玲又驚又生氣，身子在發着抖，以致她取出鑰匙來的時候，因為拿不穩而跌到了地上。這時候，如果有人經過，那就會好得多。可惜劉麗玲所住的地方是高級住宅大廈。愈是高級的住宅，人愈是少，在這幾分鐘之內，並沒有別的人出現。

劉麗玲眼看楊立群在刀子的脅迫之下，一動也不能動，毫無反抗的餘地，而又素知胡協成是什麼也做得出來的流氓，所以，她只好打開門。

門一打開，胡協成押着楊立群進去，劉麗玲也跟了進去，胡協成一腳踢上了門，四面看看，冷笑道：「住得好舒服啊。」

劉麗玲怒道：「全是我自己賺回來的。」

胡協成冷笑道：「靠什麼？靠陪男人睡覺。」

楊立群怒道：「住口，你要錢，拿了錢就走。」

胡協成將手中的刀向前略伸了伸，令得楊立群的頭，不由自主向後仰去，他說着，陡地轉過頭來，向劉麗玲喝道：「好神氣啊，我不走，你怎麼樣？」

胡協成十分得意地笑了起來：「快脫衣服，我們續續夫妻前緣！」

劉麗玲臉色煞白，胡協成的笑聲中，充滿了邪惡，厲聲道：「快點！在我面前，你又不是沒有脫過衣服，你有哪些花樣，你身上有幾根毛——」

胡協成盯着劉麗玲，才說到這裏，事情就發生了。楊立群陡地向胡協成的手臂一托，刀揚向上，胡協成一刀向楊立群刺來，楊立群避開了一刀，伸腳一勾，將胡協成勾得跌向前去，楊立群刺時趁機撲向前，兩個人在地上扭打着，楊立群個子高大，力氣也大，奪過了刀來，向胡協成連刺了三刀。

胡協成中了三刀之後，血如泉湧，楊立群首當其衝，自然染了一身血，劉麗玲看到胡協成倒地，想去扶他，也染了一身血。

劉麗玲撥電話報警，警員趕到，破門而入，看到的情形，就如同那個警官

所述一樣。

當時，在警局中，一聽得劉麗玲講述了事情發生的經過，我和方律師就不約而同，大大鬆了一口氣。

因為照劉麗玲的敘述來看，楊立群是自衛，胡協成先行兇，楊立群不會有什麼事。

高級警官反覆盤問，一直到一小時之後，口供被肯定，那時，白素也趕來了，楊立群的保釋要求被接納，和我們一起離開了警局。

在警局門口，白素提議要送楊立群和劉麗玲回去，楊立群仍然是一副茫然的神色，幾乎一句話也未曾說過。

劉麗玲神態極度疲倦：「我不想再去那可怕的地方，想到酒店去住，而且，我們想靜一靜，不想和旁人在一起。」

我和白素，當然沒有理由堅持要和他們在一起，所以只好分手。

胡協成被刺傷，在醫院中，留醫三天，不治身死，案子相當轟動。

第八部

前生有因今生有果

在胡協成傷重期間，我和他發生了一點小關係，是一段相當重要的插曲，

但其間經過的情形，容後再敘，先說這件案子的處理經過。

楊立群被起訴，可是一切全對楊立群有利。劉麗玲的證供有力，胡協成有

過三次犯搶劫罪的紀錄，並且三次都被判入獄。

那柄刀是胡協成帶來的，出售那柄刀的店家，毫不猶豫指證，胡協成在事

發前一天，買了這柄西瓜刀。

一切全證明胡協成圖謀不軌，楊立群因自衛和保護劉麗玲而殺人，所以在

法庭上，陪審員一致裁定楊立群無罪。當他和劉麗玲相擁着，步出法庭之際，

甚至不避開記者的攝影。

我花了不少筆墨來記述這件案子，表面上看來，好像和整個故事，並沒有

多大的關係，只不過是楊立群、劉麗玲兩個人生活中的一件事故。但是其中卻

有一件事，和他們兩人的夢境有關。

當日，在劉麗玲作了證供之後，警方當然不能單聽劉麗玲的一面之詞，尤

其，劉麗玲和楊立群的關係如此特殊。

警方想要楊立群說話，楊立群一直不開口，警方於是轉向胡協成，希望在

胡協成口中，弄清楚發生的事，是不是確如劉麗玲所說。

胡協成中了三刀，送院急救，一直昏迷不醒，警方為了想得到他的口供，派人二十四小時守着他，希望他一醒，就能回答問題。

劉麗玲和楊立群兩人，橫了心，不但不避人，而且故意公然出入，到了第三天上午，我接到了一個電話，一位高級警務人員打來的，那位先生我只知道他接替了原來由傑克上校擔任的職務，專門處理一切怪誕事。

他在電話中道：「衛先生，我負責等候胡協成的口供，我姓黃，叫黃堂。」

是警方人員。」

我莫名其妙：「那和我有什麼關係？」

黃堂遲疑了一下：「我知道你的很多事。而且，你和楊立群、劉麗玲，都是好朋友，現在……事情……有點……好像……」

我聽到這裏，忍不住道：「請你爽快一點，不要吞吞吐吐。」

黃堂吸了一口氣：「好，我在醫院，胡協成醒過來了，講了一些話。」

我「哦」地一聲：「那你就該將他講的話記錄下來，他為自己辯護？照我看，整件事，他很難找到什麼話替自己辯護──」

黃堂打斷了我的話：「胡協成講的話極怪，你最好能來聽聽，真有點不可思議，我完全不懂他說的是什麼意思。」

我實在不明白黃堂的邀請是什麼意思。這一天，如果我有旁的事，一定會拒絕他的邀請。但是我恰好有空，而且又想到，胡協成是案中的主要人物，他的證供，對整件案起着十分重要的作用，他如果完全否定了劉麗玲的證供，案子的發展，就大不相同。而楊、劉兩人的事情，我十分關心。

所以，我當時就道：「好，我就來。」

黃堂又叮囑了一句：「最好快一點，醫生說，胡協成的傷勢十分重，已經沒有希望了，他忽然醒過來，可以說話，是臨死之前的迴光反照。」

我一聽，連忙抓起外衣，飛衝下樓。

我才一走進醫院的大門，就看到一個十分壯健的年輕人，迎了上來，向我伸出手，緊握住我的手：「我叫黃堂，快跟我來。」

他只說了一句話，轉身便奔，將迎面而來的人，不客氣地推開，我跟在他的後面，奔進了一間病房之中。

一進病房，我就看到了胡協成。這是我第一次見到這個人。

這個人的樣子如何，由於在我見到了他之後，大約只有半小時的時間，便已死去，所以不值得形容。值得一提的，是他的神情。

他身受重傷，躺在牀上，可能連挪動一下腳趾的力氣都沒有，生命正在迅速遠離他的身子。可是他臉上的那種神情，卻令人吃驚。他的雙眼睜得極大，面肉抽搐，更奇的是，他不斷在講着話，聲音不算是宏亮，可是十分清晰。

我一進去，就聽得他在說：「小展不知道我們給他的是毒菰粉，他還以是蒙汗藥。」

只聽得這一句，我已經呆住了。

黃堂可能注意到了我的神情，立時向我望來。

後來，我和這位黃堂先生，又有若干次的接觸，知道了更多他的性格和為人。他十分機智，反應極快。一看到我聽到了這句話之後的神情，立時問道：

「衛先生，你懂得他這句話是什麼意思？」

我連百分之一秒都沒有考慮，就道：「不懂，這是什麼話？」

黃堂用疑惑的神情看着我，我急步來到病牀前，湊近胡協成：「你……你是誰？」

我在問這一句話的時候，聲音忍不住在微微發顫。

胡協成剛才講的那句話，我相信全世界聽得懂的，只有我、白素和楊立群三個人。

他提到了「小展」，提到了「毒菰粉」，又提到了蒙汗藥。

若干年前，北方一個鄉村的茶棚中，有四個客商，因為中毒而死！這樣的事情，怎麼會出自胡協成之口呢？而且，檔案上並沒有列明是什麼毒，他怎知道是「毒菰」？

所以，我的第一個問題，是要弄清楚胡協成是以什麼人的身分在說這句話。

胡協成瞪大了眼望着我，眼神異常空洞：「我是王成！」

我的震動，真是難以言喻，剎那之間，我劇烈發起抖來。

如果胡協成第一句話就這樣說，我可能根本想不起「王成」是什麼人。但是他先講的話，已經使我想起很多事，這時，他再自稱是王成，給我的震動之大，可想而知。

王成，就是那個二流子，翠蓮誣他殺死展大義，保安隊一直要將他緝拿歸

案的那個人。

事情隔了那麼多年，不論王成躲在什麼地方，他能夠逃得過保安隊的緝

拿，也一定逃不得死神的邀請，他自然早已死了。

那麼，自胡協成口中講出來的「我是王成」，又是什麼意思？

由於震動太甚，一時之間，竟然什麼都不能想。但是這樣的情形並沒有維

持多久，只不過是幾秒鐘的時間，我立刻想到：胡協成的前生是王成。

一想到了這一點，心緒更是紊亂不堪，剎那間，甚至連呼吸也感到困難。

我想到的事太多，理不出一個頭緒來，在我發怔間，黃堂在旁道：「他又

自稱王成，他一直說自己是王成，真不知是什麼意思。」

我苦笑了一下，心忖，要解釋明白是什麼意思，太不容易，還是別解釋的

好。我只好喃喃地道：「或許，他神志不清。」

我說着，在病牀上的胡協成，忽然一伸手，抓住了我的手臂。

看胡協成的樣子，像是想坐起來，可是他連用了幾次力，未能達到目的。

他大口喘着氣：「小展，我們騙你，那婊子⋯⋯那婊子才真正害你，她倒咬一

口，説我殺你，害得我背井離鄉，那婊子將七百多兩金子全帶走了，小展，你

要找，得找那婊子，別找我！」

胡協成這一番話，雖然說來斷斷續續，可是卻講得十分清楚。

黃堂的神情疑惑到了極點。我知道，他的疑惑，是由於我對這番話的反應。這一番話我完全聽得懂，黃堂當然一點也不懂，黃堂是在疑惑我何以聽得懂。

我實在不知道說什麼才好，胡協成將我的手抓得更緊，突然又叫了起來：「我們全上了那婊子的當！全上了她的當！事情本來就是她安排的，我們頂了罪，她得了金珠寶貝。」

胡協成說到這裏，不停地喘着氣，在旁邊的兩個醫生搖着頭，其中一個道：「你們不應該再問他，他快斷氣了。」

我道：「你們應該看得出，我們並沒有問他什麼，全是他自己在說。」

胡協成端了足足三分鐘氣，又道：「小展，你倒楣，我不比你好，老梁、老曾他們也一樣，全叫這婊子害了，全叫──」

他所發出的聲音，淒厲絕倫，聽了令人寒毛直豎。然後，陡地停下，喉際發出了一陣「咯咯」聲，雙眼向上翻，兩個醫生連忙開始急救，一個準備打

針，但另一個醫生搖頭道：「不必了。」

我也可以看出，任何針藥，都不能挽回胡協成的生命，他喉間的「咯咯」聲，正在減低，圓睜着的雙眼之中，已經冒現了一股死氣。

前後大約只有一分鐘，醫生拉過牀單，蓋住了胡協成的臉，然後，向我們作了一個無可奈何的手勢。

胡協成死了。

我由於思緒的紊亂和極度的震驚，所以看來如同呆子。黃堂十分失望。他本來以為找了我來，可以解答他心中的疑問，誰知我的表現是如此之差。

不過，黃堂還是不死心，當我和他一起走出醫院之際，他還是不斷地在問我：「胡協成究竟是怎麼了。他忽然講那麼多話，是什麼意思？」

我的回答是：「不知道。」

他一直在向我提着問題，而我的回答，也全部是「不知道」。所以，我只是記下他的問題。

我記下黃堂的問題，因為黃堂歸納推理能力十分強。

黃堂根本不知道胡協成在講些什麼，但是卻也可以在胡協成的話中，歸納

出某一件事的輪廓來。黃堂問道：「他好像伙同幾個人，做過一件傷天害理的

事，用毒菰的粉毒人？」

黃堂又問：「和他同謀的人，一個叫小展？還有一個『娽子』，另外兩個

人，好像一個姓梁，一個姓曾？」

黃堂再問：「結果，好像只有那『娽子』得了便宜，其餘的人都受騙了？」

黃堂不斷在問：「可是，為什麼警方的檔案裏，根本沒有這件案子？」

最後，黃堂有點光火，說道：「不知道，不知道，你什麼都不知道。」

我的回答是：「我的確什麼都不知道！你不能因為我不知道而責怪我，因

為你自己也什麼都不知道。」

黃堂苦笑了一下，我自顧自上了車，回家，找到了白素，要她立刻回來，

然後，將胡協成臨死之前的那番怪異的話，講給她聽。

白素也聽得臉色發白：「胡協成……就是王成？」

我忙道：「不，你不能這樣說，就像不能說楊立群就是小展，劉麗玲就是

翠蓮一樣。」

白素「嗯」地一聲：「胡協成的前生是王成？」

我點頭道：「這樣說，聽起來，至少比較合理一點。」

白素吸了一口氣：「我們像拼圖一樣，把以前所發生的事拼湊起來。」

我對白素這個提議，表示同意，並且發表了我的第一個意見：「多年之前，有四個商人，帶着他們賺來的錢，大約是七百兩金子和其他的珠寶，由南向北走，他們身懷巨資的事，被人知道了。」

白素道：「是。一般來說，身懷巨資的商人，對自己身邊的財物數字，十分小心保密，普通人不容易知道。」

我接下去道：「可是，如果面對着一個美麗的女人，得意忘形，就會透露一下，來炫耀他的身分。」

白素一揮手：「對，知道他們身邊有黃金珠寶的人是翠蓮。」

那四個商人是怎樣會和翠蓮相識的，過程絕不會複雜。翠蓮是「破鞋」，商人旅途寂寞，需要慰藉，這兩種人相遇，自然而然。

我道：「翠蓮一知道了他們有金銀珠寶，就起了殺機，商人不知道自己透露了身邊有錢，已伏下了危機。」

白素皺着眉，說道：「這樣說法，可能不很公平，我想，翠蓮當日，未必

有殺機，只是起了貪念，她一定和王成等三人提起了這件事。」

我想了一想：「唔，這樣推斷斷比較合理，王成等三人一起，就起了殺機，並且想到了小展可以利用——」

白素道：「我不明白，整件事情之中，小展這樣的老實小伙子，似乎不應該牽涉在內。」

我來回走了幾步：「小展和翠蓮有密切關係，小展迷戀着翠蓮。」

白素說道：「這一點，毫無疑問。」

我又說道：「從已經獲得的資料來看，他們的計劃，十分完美，其中也要一個像小展這樣的老實人。」

白素的神情仍然不明白：「為什麼？」

我道：「他們將毒下在茶桶裏，出外經營的客商，在世途不太平的時候，行事特別小心，對路邊茶棚的茶水，多少有點戒心，如果小展在茶棚，正喝着茶——小展在喝的，當然是下毒之前的茶水——那四個客商看到有人在喝，當然不會再起疑，於是，他們就喝下了有毒的水，中毒身亡。」

白素「啊」地一聲：「計劃周詳之極，而且，小展也不知道他放在茶桶中

的是毒藥，只道那是蒙汗藥。王成等三人騙他，小展不想害人，他們一定利用了什麼言辭，說動了小展，取那四個客商身邊的錢財。

我悶哼了一聲：「我相信說客一定是翠蓮。所說的話，大抵是小展有了錢，就可以和她雙宿雙棲之類，這才令迷戀她的小展動了心。」

白素歎了一聲：「結果，四個客商中了毒，翠蓮先出現，取走了客商身邊的財物，她可能還對小展說過，財物先由她保管。」

我點頭道：「是的，因為她一上來就沒安着好心。」

白素再道：「可是王成等三人，卻以為小展得了財物，所以一直在逼拷問。」

小展。」

我苦笑了一下：「其中一次逼問，就是楊立群的那個夢，南義油坊中的拷問。」

白素吸了一口氣：「那是最後一次的逼問。」

我手握着拳，在空中陡地一揮，憤然道：「翠蓮這婊子也太狠心了，小展這樣迴護她，她不和小展分享這筆錢財也罷了，竟然殺了小展！」

我情緒激動，白素瞪了我一眼，我不好意思地笑了一笑，白素道：「事實

上，事情一開始，翠蓮就將那四個男人玩弄於股掌之上，她殺了小展，嫁禍王成，令得王成等三人非逃走不可，而錢財一直在她的身上，等到沒人注意她了，她才帶着錢財走了。」

我道：「從此之後，沒有人再知道她的下落，也沒有人再知道王成等三人的下落，而在若干年之後，他們當然全死了——」

我講到這裏，並沒有再講下去，神情怪異。

「若干年之後，他們全死了。」這樣，應該整件事全告結束了。

可是，事實上，情形卻不是這樣的，事情並沒有結束，而延續了下來。

小展變成了楊立群，楊立群保留了一部分小展的記憶。翠蓮變成了劉麗玲，劉麗玲也保留了一部分翠蓮的記憶。

胡協成的情形怎麼樣，我不清楚，因為根本不認識這個人，但胡協成的前生是王成，可能在胡協成的一生之中，也有着重複的怪夢，也可能，胡協成在臨死之前的一剎那，才想起了前生的事。

而奇妙的是，胡協成和劉麗玲，曾經是夫婦。劉麗玲是這樣美麗出色，她如何會嫁給胡協成這樣一無可取、外形猥瑣的人，不但旁人，只怕連她自己也不明

白。世上有許多這樣的配合，旁人只好歎一聲：「感情是沒有道理可以講的。」

但，真是「沒有道理可講」？古老傳言，有「不是冤家不聚頭」之說，劉麗玲和胡協成，看來就是冤家，所以才聚了頭。

翠蓮曾經做過許多對不起王成的事，甚至誣陷王成是兇手，害得王成要逃亡。

這一點，是劉麗玲莫名其妙做了胡協成三年妻子的理由？

我將自己所想的講出來，白素一直在用心聽，沒有表示什麼意見。直到聽到我提出了劉麗玲嫁給胡協成這一點，才皺着眉：「你的意思是，凡是今世成為夫婦的，都有前生的因果在？」

我想了好一會，因為白素的這個問題，並不容易回答。在想了至少三分鐘之後，我才道：「常言道：不是冤家不聚頭，『冤家』的意思，並不單指有冤仇而言，有過異常的關係，都可以總稱冤家。也就是說，這是一種因果糾纏，果是好是壞，要看『因』是如何而定。」

白素喃喃地道：「愈說愈玄了。」她講了一句之後，忽然望定了我：「我和你前生又有什麼『因』？」

我苦笑了起來，道：「誰知道，或許我是一個垂死的乞丐，你救了我！」

白素幾乎直跳了起來：「什麼話？今世你是在報恩？好不知羞！」

我雙手高舉，作投降狀：「別為這種無聊的問題來爭！」

白素的神情變得嚴肅：「前生有因，今生有果，這可以相信。但是我不認為如今發生的每一件事，都由於前生的因。」

我有點不明白：「請舉一個具體例子。」

白素道：「譬如說，一個劫匪行劫，傷了事主，難道可以說是因果？難道可以說是這個事主前生一定有着要被這個劫匪刺傷的『因』在，所以才有這樣的『果』？如果是這樣的話，那麼，不論做任何壞事，都可以有藉口了。」

我深深地吸了一口氣，拍了幾下手：「說得好！當然不是每一件事都由『因』而來，但是，有『因』一定有果。『因』有開始，劫匪傷人，那是他種了惡因，結果一定會有惡果！而惡果的嚴重，比惡因更甚。像劉麗玲，莫名其妙做了胡協成三年妻子，我想她在這三年內所受的苦痛，一定比當年王成逃亡的過程更甚。」

白素沒有再說什麼，只是長長地歎了一口氣。我又道：「王成當年，拿毒

216

藥欺騙小展，後來又曾幾次毒打小展，那是他種下的惡因，結果是胡協成死在楊立群的刀下，那是惡果。」

白素見我一直講不停，連連揮着手：「別說下去。我們對於這方面的事，一無所知，你先別大發謬論。」

我瞪着眼：「怎見得是謬論？人有前生，已經可以絕對證明。」

白素搖着頭：「我不否認，而是其中的情形怎樣，我們一無所知。人有前生，那是說，人死了之後的記憶，有可能進入另一個人的腦子之中？」

我迅速地來回走着，想用適當的字眼，來回答白素的問題。可是我發現要找到適當的字眼，十分困難。想了好一會，我才道：「我們可以先假定，人死了之後，靈魂就脫離了肉體──」

白素道：「然後呢？」

我揮着手：「然後這個靈魂就飄飄蕩蕩，直到機緣巧合，又進入了一個新生的肉體之中，這就開始了他另外一生。」

白素冷笑着，現出不屑的神色來：「你這樣說法，比鄉下的說書先生還差。照你這樣講，應該每一個人都記得他的前生，為什麼只有極少的人可以憶

起他的前生，絕大多數人都不能？」

我乾咽着口水，答不上來。在受窘之後，多少有點不服氣：「那麼，照你說呢？」

白素道：「我早已說過，對於這些玄妙的事情，不單是我們，整個人類，還一無所知，我要說，也只不過是我的一種想法。」

我笑道：「別說那麼多開場白，就說說你的想法。」

白素笑了一笑：「好，首先，我反對用『靈魂』這個名詞。」

我呆了一呆，想不到白素會從這一點開始，我道：「為什麼，這個名詞用了很多年，有什麼不妥？」

白素說道：「正因為靈魂這個名詞用了很多年，所以，任何人一聽到，就形成一種錯覺，好像真是有靈魂這樣一個『東西』的存在。」

我叫了起來：「要是否定了靈魂的存在，怎麼可以承認前生和今世的關係？」

白素歎了一聲：「你別心急。靈魂這個名詞不妥當，就是容易叫人以為那是一種『東西』，是有形象的，死去了的人，他的靈魂，和他生前一樣，等

218

等。可是事實上，人死了之後，脫離了軀殼之後的，絕不是任何『東西』，只是一組記憶。」

我又呆了一呆，一時之間，接不上口，所以只好「嗯」地一聲：「一組記憶？」

白素道：「是的，一組記憶，這組記憶，是這個人腦部一生活動的積聚，腦電波活動的積聚。」

我大搖其頭，說道：「我不明白。」

白素道：「事實還得從頭說起，我們每一個人，都有記憶，你認為我們每一個人的記憶，是儲存在人體的哪一部分？」

我嗤之以鼻：「是在大腦皮層。」

白素道：「最最流行的說法，可是解剖腦部，發現不到記憶的存在，在各種其他地方的探測試驗上，也找不到記憶的所在，人腦的資料儲存何處，找不到！」

我失笑道：「一定存在的，不然，人不會有記憶！」

白素說道：「當然存在，有一派人研究的結果，認為人的記憶，根本不在

人體之內，而在人體之外的。」

我也聽過這種說法，所以我點了點頭：「這一派人的理論是，人的記憶，是一組電波，這組電波，只和這個人的腦部活動發生作用，所以每一個人才有不同的記憶。」

白素道：「是這樣，當人死了之後，大腦停止活動，不能再和這組記憶發生作用。但是這並不等於這組記憶已經消失，正像一架錄音機壞了，絕不等於錄音帶上的聲音消失了。」

我明白白素想說什麼了，立時接下去道：「人死了之後，這組記憶，仍然存在。」

白素道：「是的，記憶存在。一組記憶，本來屬於獨特的一個人，只和這個人的腦部活動發生作用，這個人死了之後，記憶依然存在——至於以什麼方式存在，無人知曉，但一定是以『能』的方式存在，而不是以『物質』的方式存在。」

我大聲道：「我並無異議！」

白素又說道：「這組記憶，虛無縹緲，不可捉摸，當然也更看不到——」

我聽到這裏，咕噥了一下：「稱之為『一組記憶』和稱之為『一個靈魂』，實在沒有多大的分別。」

白素沒有和我爭論，自顧自說下去：「一組記憶可以存在多久，也沒有人知道，或許可以存在千百年，也或許只能存在三年五載，也或許每組記憶存在的時日不同。總之，記憶如果在沒有消失之前，忽然又和另一個人的腦部活動，發生了作用，那麼，另一個人就有了這組記憶。假設這組記憶本來屬於A，後來又和B的腦部活動發生了作用，那樣的情形下，A就是B的前生！」

白素侃侃而談，以她的想法來解釋前生和今世的關係，我聽了之後，想了一想：「照你這樣說，人根本沒有前生。」

白素道：「誰說沒有？像楊立群，就是因為小展的記憶和他的腦部活動發生了關係，所以，小展就是楊立群的前生。」

我道：「劉麗玲和翠蓮，胡協成和王成的情形，也全是這樣？」

白素道：「當然。」

我又大搖其頭：「如果只是一種巧合，A的記憶，和B的腦部活動發生了關係，為什麼前生有糾纏的人今世又會糾纏在一起？」

白素歎了一聲：「我已經說過了，其間錯綜複雜的關係，根本沒有人知道，或許在若干年之後，看起來會十分簡單，但現在不會有人明白，就像一千年前的人，不會明白──」

我接下去道：「不會明白最簡單的手電筒原理一樣。」這正是我最喜歡舉出來的一個例子，用來說明時間和科學之間的關係。

手電筒，如今看來，是最簡單的東西，但在三百年前，世界上最聰明的人，想破了他的腦袋，也不會明白手電筒的原理。

白素道：「是啊，若干年後，這種問題的真相可能大白，現在，誰也不知道。」

我喃喃地道：「一組記憶，一組記憶……記憶和記憶之間……」忽然，我笑了起來：「會不會本來有關係的記憶，容易和現在有關係的人發生接觸？」

白素提高了聲音：「別去想，你想不通的。」

我實在不能不想，可是也實在無法再想下去。

在會見了胡協成之後，我和白素的討論，到此為止。

以後，我們又曾討論了幾次，但是說來說去，也脫不了這一次長談的範

圍，所以也不必重複了。

我和白素都作了一個決定，胡協成臨死之前所說的一切，不向楊立群、劉麗玲提起。

胡協成死了，警方以殺人罪起訴楊立群，但由於一切證據，都對楊立群有利，所以陪審員一致裁定楊立群的罪名不成立。

楊立群和劉麗玲的關係，本來是秘密的，在經過了這次事情之後，兩人關係完全公開，楊立群根本不再回家，公然和劉麗玲同居。

白素仍然保持和劉麗玲的接觸，了解她的生活，觀察她和楊立群的生活、感情也愈來愈熾烈。

在接下來的幾個月中，並沒有什麼可以記述的事。楊立群和劉麗玲外出旅行了好幾次，足迹幾乎遍及全世界，兩個人出現在任何地方，他們相互之間的親熱程度，都足以令人欣羨。

我也曾和他們偶遇幾次，每次看到他們兩人，像扭股糖兒一樣摟在一起，心頭的陰影，始終不能抹去。他們兩人結果會怎樣呢？楊立群已經放棄了尋找「某女人」？如果給他發現了「某女人」就是劉麗玲，他會怎麼樣？

不過，既然從各方面來看，他們兩人都好得像蜜裏調油，似乎也沒有理由為他們再擔心。一切都好像很正常，楊立群和他的妻子孔玉貞，已經協議分居，一旦分居期滿，就可以離婚，到那時，楊立群和劉麗玲，毫無疑問會結成為夫婦。

第九部

人人都有前生糾纏

約莫在胡協成死後四個月，在一個酒會之中，我正和一個朋友在傾談，那朋友的目光，忽然轉向右，久久不回過來。我循他的目光看去，看到容光煥發、艷光四射的劉麗玲，正自入口處走進來，陪在她身邊的是風度翩翩的楊立群，看來有點疲倦。

我笑着，用拳頭在我朋友的臉際，輕擊了一下：「別這樣看女人！」

我那朋友的臉紅了一紅，楊立群發現了我，逕自向我走來，神色凝重。一看到楊立群這種神情，我知道一定有什麼事發生了。

果然，楊立群一來到我身前，便壓低了聲音：「我正想找你，我們可以單獨談談？」

我道：「可以——」

楊立群一副迫不及待的樣子，一聽我答應，立時拉着我走開去，我道：

「現在？」

楊立群道：「立刻。」

我向在和其他人寒暄的劉麗玲望了一眼：「上次你留在我那裏的東西，還在我手上，本來我有一番話要對你說，可是第二天就發生了胡協成的事，所以

一直沒機會對你說。」

當我說這幾句話的時候，楊立群已將我拉出了會場，進了電梯。

一進了電梯之後，他的神情就變得十分異樣：「你還記得胡協成的事？」

楊立群這樣說法，實在十分滑稽。他殺了胡協成，這是轟動全市的新聞，

又不是過去了十幾二十年，誰會不記得？不過我並沒有說什麼，怕太刺激他，

我只是道：「不容易使人忘記。」

楊立群像是根本沒有聽到我的話，只是皺着眉，不知在想些什麼。

一直到我們進了一家咖啡室，在一個幽靜的角落坐了下來，楊立群向

四面看了一下，才壓低了聲音道：「衛先生，我對你說的話，你能保證不泄

露出去？」

我最怕人家這樣問我，因為事情若涉及秘密，總有泄露的一天，就算你遵

守諾言，他也一定不止對你一個人講起，何苦負日後泄露秘密的責任？

所以，我一聽之下，就雙手連搖：「不能保證，還是別對我說的好。」

楊立群像是想不到我會有這樣的反應，呆了一呆，神情很難過地望着我：

「我⋯⋯不對你說，那麼對誰說好呢？」

我順口說道：「你可以根本不說。」

楊立群歎了一聲：「不說，心裏不舒服，這件事，日日夜夜在我心中，我一定要講出來，才會舒服。」

我看着他的那種愁眉苦臉的樣子，心裏也相當同情他：「或許，你可對你最親近的人，像劉麗玲說──」

我的話還未講完，楊立群已陡地叫了起來：「不，不能對她說！」

他神情顯得如此驚恐，甚至在不由自主喘着氣，又補充道：「萬萬不能！」

我用疑惑的眼光望着他，楊立群點着了一支煙，狂吸了幾口：「如果我對她講了，她一定會以為我是神經病，會離我而去。」

我吞了一口口水，試探着問道：「你要對我說的事，是和……你的前生有關？」

楊立群用力點着頭。

我歎了一聲：「好吧，如果你不說，這種事一直在折磨你，總不是味道，是不是你又做同樣的夢了？」

楊立群苦笑道：「同樣的夢一直在做，每次都將麗玲嚇醒，幸而她一直沒

有問我。」

我忙將頭偏過去，不敢和他的眼光接觸。因為我知道一個秘密：每當楊立群做這個夢的時候，劉麗玲也在做同樣的夢。

楊立群顯然全副心神都被他自己的事困擾着，所以全然未曾注意我的神態有異，他忽然將頭湊近了些，壓低聲音道：「我殺了胡協成。」

我不禁怔了一怔：「這件事，人人都知道，而且已經過去了。」

楊立群將聲音壓得更低，而且語音之中，充滿了神秘。他道：「事情的真相，只有我和麗玲兩人知道。不，不應該說，事情的真相，只有我一個才知道。」

一聽得他這樣講，我不禁呆了半晌。

楊立群這樣說法，是什麼意思？「事實的真相」只有他一個人知道？那麼，劉麗玲的證供全是假的？

我在呆了半晌之後，吸了一口氣：「你不必擔心，同樣的罪名，不能被檢控兩次，你已經被判無罪了。」

在這樣的情形下，我只能假設「事實真相」另有別情，所以安慰他。

楊立群神情苦澀：「我明白，可是……是我殺了胡協成。」

他一面說，一面望着我，我只好攤了攤手：「這一點無可否認，你是自衛。」

楊立群緩慢地搖了搖頭：「不是。」

我又震動了一下，立時想起了事情發生後，楊立群在警局中的情形。當時，他只是目光空洞地坐着，動也不動，不知道在想些什麼。而如今，他說他殺胡協成，不是自衛殺人，那是什麼？

我也壓低了聲音：「你是蓄意謀殺？」

楊立群又現出一種十分茫然的神情：「也……不是，那天以前，我只知道胡協成這個人存在，從來也沒有見過他。」

楊立群的話，令我感到極度的迷惑，我實在猜不透他想說什麼，只好不再打斷他的話頭，由得他去說。他又連吸了幾口煙，然後，將煙頭在煙灰缸弄熄，望着桌面：「麗玲在警局講的話，只有第一句是真的，那天中午，我們回家，一走出電梯，就看到胡協成站着——」

楊立群講到這裏，略頓了一頓，才又道：「我一看到有人站着，我根本不

認識他，我的第一個印象，就是這個人極度厭惡。我很少這樣討厭一個人，而且這個人我從來也沒有見過，可是那種厭惡感如此強烈，以致他雖然並沒有擋着我的路，在跨出電梯之際，我還是厲聲喝：「讓開！」。

我搖着頭：「胡協成外型猥瑣，很惹人討厭。」

楊立群側着頭想了片刻：「外型？不關外型的事，我只是憎惡他。當我一看到他就厭惡時，還不知道為了什麼，當我動手殺他時，我就明白了。」

我吃了一驚，一時之間，不知如何搭腔才好，當時我的樣子，也只有「張口結舌」四個字才能形容。

楊立群又道：「他聽到我一喝，連聲道：『是！是！是！』，而且，立即退了開去。我只當他是一個不相干的人，讓開了，也就算了。可是他卻目不轉睛地望着麗玲，而麗玲則在避開他的目光，也現出極厭惡的神情，這種情形，使我立時感到：他們認識！那使我更憤怒，我問他：『喂，你是什麼人？』」

楊立群喝了一口咖啡，又點着了一支煙，才又道：「他態度極恭敬，說道：『楊先生，我姓胡，叫胡協成！』我一聽他的名字，就知道他是什麼人，

這時，麗玲也開口，聲色俱厲，充滿厭惡：『你來幹什麼？我和你什麼關係都

『沒有！』胡協成神情苦澀：『麗玲——』他才叫了一聲，我就喝阻，他忙改口：

『劉小姐，我，我⋯⋯』

我用心聽着，根據楊立群的話，想像着當時的情景。胡協成生活潦倒，他去找劉麗玲，多半是想弄點小錢，男人到這種地步，還要低聲下氣，沒出息是沒出息到了極點，可憐也算是可憐到了極點。

楊立群繼續道：「我一面挽着麗玲，向門口走去，一面回頭看着像乞丐一樣跟在後面的胡協成，喝他：『快滾！』在我這樣喝的時候，麗玲已經打開了門，走了進去。胡協成僵立着，神情很苦澀，喃喃地道：「我真是無路可走了！我⋯⋯買了一柄刀⋯⋯想去搶劫，可是⋯⋯我又沒有勇氣⋯⋯」

楊立群向我望來，面肉抽動着：「在聽到這句話之前，我一輩子沒有起過殺人的念頭，可是一聽得他那樣講，我望着他，心中對他的厭惡和憎恨，升到了頂點，我突然想到要將這個人殺掉。真的，在此以前，殺人，我想都沒有想過。」

我悶哼一聲：「未必沒有想過，你千方百計想找『某女人』，不是想回刺她一刀？」

楊立群也被我的話刺激得跳動了一下，苦笑道：「沒有，我只是想找到這個女人，絕未想到要殺她，我只是想知道……當初她為什麼要殺我！」

我悶哼一聲：「廢話，你怎麼知道這個女人還能記得前生的事？」

楊立群立時道：「是你告訴我她也有這樣的夢的。」

我道：「夢只是片段，和你一樣，你就記不起前生曾做過一些什麼具體的事。例如那四個皮貨商人中毒死亡，就和你前生有關。」

楊立群在剎那之間，臉漲得通紅，額上的筋也露了出來，鼻尖冒着老大的汗珠。他的這種神態，倒叫我嚇了老大一跳，我忙道：「先別討論下去，你起碼要殺——」

胡協成的念頭之後，怎樣行動？」

至少兩分鐘之後，他神態才漸漸恢復了正常，慢慢喝着咖啡：「我當時哼地一聲冷笑，『你想去搶劫？我看你連刀都拿不穩！』胡協成的手發着抖，真的取出了一柄刀來，打開包在刀外的紙：『楊先生，你看，其實我不要太多，我只要三千元就夠了，你能不能幫幫我？像你這樣的有錢人，三千元根本不算什麼！』不知道為什麼，他愈是卑詞曲顏，我心中對他的憎惡愈甚，我裝出一副同情他的神情：『好吧，你進來，我給你！』他一聽之下，大是高興，連聲

道謝，跟着我進了屋子。」

楊立群的雙手互握着，放在桌上，他的手握得極緊，以致手指泛白：「我看到他這柄刀，就有了殺他的全部計劃。」

楊立群講得這樣坦白，我聽得心驚肉跳。

楊立群又道：「他跟着我進了屋子，麗玲十分惱怒：『你帶他進來幹什麼？』我低聲在她耳際道：『我替你永遠解決麻煩！』麗玲不明白我這樣說是什麼意思。那時，胡協成站着，有點不知所措，屋中豪華的布置，顯然令他目眩，白象牙色的地毯，也令得他站在那裏，不知是該脫鞋子，還是繼續向前走來。」

楊立群描述當時的情形，將一個窮途潦倒的人，講得十分生動。

楊立群繼續道：「我向他作了一個手勢：『請坐。』胡協成忙道：『不必了，我站着就好。』我向他笑道：『那你至少將刀放下來，不然，人家會以為你進來搶劫。』他一聽，立時手足無措，想將刀藏在身上，但是包在刀上的紙已被他拋掉，刀又十分鋒利，沒有法子放，我在這時，向他伸出手去，他就自然而然，將刀交到我的手上——」

楊立群講到這裏，大口大口地喘着氣，臉色也蒼白到了極點，聲音也在不由自主地提高。

我忙道：「請你稍為壓低聲音。」

楊立群點了點頭，聲音又放得十分低：「刀一到了我的手中，殺人的念頭，更是不可抑止，突然之間……突然之間……」

他一連講了三聲「突然之間」，由於急速地喘着氣，我自然不能去打斷他的話頭，只好由得他去喘氣，過了好一會，他才道：「突然之間……我覺得自己變了，我不再是楊立群，我成了展大義——」

我聽到這裏，陡地吸了一口氣，身子也震動了一下，連杯中的咖啡都濺了好些出來。

楊立群的神情，更是古怪莫名，他仍然一再喘着氣，講道：「我自覺我是展大義，而更不可……理解的是，我看出去，胡協成不再是胡協成，是……

我只感到遍體生寒，楊立群道：「胡協成不再是胡協成，而是王成。」

他在講出了王成的名字之後，望着我：「你對王成這個名字，是不是有印象？」

我當然有印象，而且印象太深刻了。在經過了胡協成臨死之前的那番話之後，怎麼會沒有印象？可是我只是點了點頭：「好像就是當年在南義油坊打你的那三個人中的一個。」

楊立群道：「就是他！我也立即明白了我一看到他就這樣憎惡的原因。他是王成！他是王成！我握刀在手。所想到的就是這一點，所以，我毫不猶豫地將手中的刀向他刺出去，刺了一刀又一刀──」

我忙阻止他道：「行了。你一共刺了三刀，不必詳細講述每一刀的情形了。」

楊立群道：「是，我連刺了他三刀，血濺出來，他的身子倒向我，我扶住了他，他向我望來。」

楊立群講到這裏，陡地停了下來。

我道：「就這樣？」

楊立群道：「不，在他向我望來之際，最奇怪的事情發生了。」

我也苦笑道：「還會有什麼奇怪的事發生，你又不是給了他三千元，難道他還會謝謝你？」

楊立群揮着手：「他倒向我，我扶住了他。那時，麗玲一定被眼前發生的事嚇呆了，我也不知道她做了些什麼……胡協成在被我扶住之後，望着我，以幾乎聽不到的聲音道：『小展，是你！』」

我的聲音幾乎像呻吟：「你……聽清楚了？」

楊立群道：「絕對清楚。我絕想不到他會講出這四個字來的，當時，我真正呆住了。我的前生是小展，這件事，只有你知道，尊夫人知道，胡協成絕對沒有理由知道，可是他卻叫我小展。」

楊立群講到這裏，用充滿了疑惑的眼光望着我，像是希望我給他答案。

我自然知道答案，胡協成的前生是王成。在他臨死之際，他已經知道自己的前生是王成，也認出了楊立群的前生是小展。

我不知道為什麼會有這種情形發生，或許，人到了臨死的一剎間，對於前生的一切，會一起湧上心頭，或許，正如白素所說，這裏面的種種複雜因素，如今，根本沒有人可以明白，只能憑假設去揣測。

楊立群道：「他在說了這四個字之後，四面看着，眼珠轉動，我隨着他去看，看到他的視線，停留在呆立着的麗玲身上。當他望着麗玲的時候，現出極詫異的神情來，一個身受重傷的人，無論如何不該有這樣的神情。」

我聽到這裏，心中緊張到了極點。

因為，胡協成在臨死之前，既然有一種神奇的能力，可以使他看出楊立群的前生是小展，當然也能看出劉麗玲的前生是翠蓮。

要是胡協成也叫出了「翠蓮，是你」這樣的話，那麼，楊立群立時可以知道他要找的「某女人」就是劉麗玲了。

我立時又想到，剛才，楊立群和劉麗玲手挽着手進來參加酒會的情形，形態親熱，那顯然是他還不知道。

我鬆了一口氣：「重傷昏迷，神志不清，神情詫異一點，也不足為奇。」

楊立群對我的解釋，顯然不是怎麼滿意，他道：「胡協成看着麗玲，忽然道：『怪不得……怪不……得……』他的聲音極低，在連講了兩聲『怪不得』之後，好像還講了一句什麼，可是麗玲就在這時，尖叫了起來，所以我沒有聽到他又講了什麼，麗玲一叫，胡協成昏了過去，我們由他倒在地上，麗玲過去，

想扶他起來，也弄得一身是血，麗玲只是不斷道：『你殺了他！』當時，我極

其鎮定，忙扶住她，教她應該怎樣做。」

我又大大鬆了一口氣。

胡協成在昏過去之際，最後講的那句話，楊立群沒有聽到，真是幸事。

照楊立群的形容，胡協成在那時，一定已經認出了劉麗玲的前生是翠蓮。

胡協成連說了兩下「怪不得」，那也很容易理解。因為一直到那時，他才

知道何以劉麗玲會嫁給他這樣的男人三年。

在接連兩聲「怪不得」之後，最有可能的一句話，是「原來你是翠蓮！」或

者類似的話。

這句話，楊立群沒有聽到，自然最好了。

我道：「原來，劉麗玲的口供，是你教的。」

楊立群道：「是。我雖然殺了人，但一切全對胡協成不利，我可以安然

無事。」

我哼地一聲：「你在警局，一言不發，那種神態也是做作的？演技倒

不壞。」

楊立群道：「不，我那時，心中確實一片茫然，我在想，為什麼在突然之間，我會將他當作王成，而他又叫我為小展？我也在想，他忽然神情怪異，說了兩下怪不得，是什麼意思。」

我問：「有結論沒有？」

楊立群歎了一聲：「不知想了多少遍，可是沒有結論。你……能提供些什麼？」

我幾乎不等楊立群把話講完，就道：「什麼也不能提供，一個重傷昏迷的人，所講的話，有什麼意義？」

楊立群固執地道：「可是他叫我小展。」

我道：「你一直想着自己是小展，可能是你聽錯了。」

楊立群道：「絕不。」

我沒有再說什麼，只是道：「你講這些給我聽，有什麼用意？」

楊立群挪了挪椅子，離得我更近一些：「我在想，胡協成的前生，會不會是王成？」

我不作任何表示。

楊立群歎了一聲：「我想很可能是，王成一定曾經做過很多對不起我⋯⋯

小展的事，所以才會莫名其妙地死在我刀下。」

楊立群這樣為他自己開脫，我很反感。本來，我可以狠狠地用言詞刺激

他。可是我卻知道，胡協成的前生，確然是王成，而王成也的確曾做過不少對

不起小展的事。所以，我竟然變得無詞以對，只好也跟着歎了一聲：「這種虛

無縹緲的事，誰知道！」

楊立群的神情，平和了許多：「在經過了這件事之後，我倒想通很多。」

他忽然這樣說，我倒感到有點意外：「你想通了什麼？」

楊立群說得十分緩慢：「我和胡協成根本不認識，和他第一次見面，他就

死在我的刀下，這是一種因果報應！」

我不置可否，只是「嗯」了一聲。楊立群又道：「如果是這樣的話，我實

在不必致力去找『某女人』。我們前生既然有過生與死的糾纏，今生一定也會

在因果下相遇。我根本不必去找，我們一定會相遇，而且也一定會有了斷！」

我的背脊上，冒起了一股寒意，竭力鎮定：「根據虛無縹緲的理論來看，

倒不是沒有這樣的可能。」

我的話，模棱兩可，楊立群的信念十足，他道：「一定會的，一定會！」

我的寒意更甚，忍不住問道：「如果有這一刻，你準備怎麼樣？」

楊立群深深地吸了一口氣：「我不知道。作為楊立群，我根本不想對『某女人』怎麼樣。但到時，小展會對翠蓮怎麼樣，我完全不知道。」

楊立群的回答十分實在，但那種實在的回答，更增加了我心中的隱憂。

根據已得的資料，王成對小展，做過一些什麼呢？王成將毒菰粉，對小展說那是蒙汗藥，叫他放在茶桶中，令得那四個皮貨商人中毒而死。

殺那四個皮貨商人的直接兇手是小展，但小展是受蒙騙的，他以為只不過將四個商人迷倒，真正的兇手是王成。

王成還曾伙同其他兩個合謀者，毒打小展，毒打可能不止一次。王成對小展，而且，念頭強烈，立即付諸實行。

翠蓮是小展熱愛的對象，小展為翠蓮犧牲了那麼多，堅守諾言，結果翠蓮卻殺了小展。

翠蓮對付小展的手段，比王成對付小展的手段嚴重、惡劣得多！

那麼，當楊立群下意識地以為自己是小展時，會對翠蓮做出什麼行為來？

這實在是一個無法想下去的問題。我不禁為劉麗玲冒冷汗。而就在這時候，我卻看到劉麗玲走了進來。劉麗玲一進來，楊立群立時看到了她，他一面站了起來，一面道：「別提起剛才說過的任何話！」

我只發出了一下呻吟似的答應聲，看着劉麗玲來到近前，楊立群離開了座位，迎了上去。任何人都可以看出這一男一女是一對戀人，而且他們之間的愛情熾烈，因為在他們的眼光之中，除了專注自己所愛的人之外，幾乎不注意任何其他人的存在。

一直到來到了近前，劉麗玲才向我點了點頭，算是和我打了一個招呼，然後，用埋怨的口吻道：「你怎麼啦，一轉眼，人影不見了。」

楊立群道：「商務上的事！」他一面說，一面已向我做了一個再見的手勢，接着，他和劉麗玲就互相緊摟着，走了出去。

他們互相將對方擁得那麼緊，真叫人懷疑在這樣的姿勢下，如何還能向前走動。可是他們顯然習慣了，居然毫無困難地向外走了出去。

道：「對不起，我有一點要緊的事，要和衛先生商量。」他又補充

這是一家十分高級的咖啡室，顧客一般來說，不會對任何其他人發出好奇的眼光來。可是當楊立群和劉麗玲向外走去的時候，所有的人，還是忍不住向他們望了過去。

我絕不懷疑楊立群和劉麗玲的愛情，在胡協成被殺事件之後，他們兩人變得更狂熱，可是，愛和恨，不過一線之隔，深切的愛，一旦知道了前生的糾纏，會不會演變為同樣深切的恨呢？

我想到這裏，不禁長長地歎了一口氣。我揚手，準備召侍者來結賬，可是就在此際，我看到一個女人，向我走過來。

這個女人，我可以肯定，從來也沒有見過她，可是她卻向我走過來。她約莫三十出頭，樣子相當普通，可是卻有着一股淡雅的氣質，衣着極其高貴，神情帶着無可奈何的哀怨和悲憤。

在她向我走來之際，我只是禮貌地向她望了一眼，她卻直來到了我的面前。

她一到了我面前，就現出了一個禮貌的笑容：「對不起，能不能打擾你一陣？」

244

我作了一個請坐的姿勢，她坐了下來：「真對不起，我實在想和你談談，你是衛斯理先生？其實你和楊立群，也不算是什麼朋友，不過我必須和你談一談，請原諒。」

她的話，令我感到十分疑惑，我道：「小姐是——」

她道：「太太，我是楊立群的太太，孔玉貞，楊立群和我還沒有離婚。我不肯，這……是不是很無聊？」

她說着，又顯露出一個十分無可奈何的笑容來。

剛才，我只是留意聽楊立群在講他如何殺了胡協成的經過，並沒有留意到咖啡室中的其餘人，根本不知道孔玉貞在什麼地方。想來，孔玉貞一定坐在角落，楊立群也沒有發現她。

我「哦」了一聲：「楊太太，請坐！」

孔玉貞坐了下來：「人家還是叫我楊太太，劉麗玲想做楊太太，可是做不成！」

我忍不住說道：「楊太太，男女之間，如果一點感情也不存在，只剩下恨的時候，我看還是離婚的好——」

我講到這裏，看到孔玉貞有很不以為然的神色，我忙作了一個手勢，示意她等我講完了再說：「而且，我看劉麗玲絕不在乎做不做楊太太，他們兩人在一起，覺得極快樂，那就已經夠了。你堅持不肯離婚，只替你自己造成苦痛，楊先生就一點也不感到什麼。」

或許是我的話說得太重了些，孔玉貞的口唇掀動着，半晌出不了聲，才道：「那你叫我怎麼辦？我還有什麼可做的？除了不肯離婚外，我還有什麼武器，什麼力量可以對付他們？」

我十分同情孔玉貞，可是我也絕想不出有什麼話可以勸慰她，只好歎了一聲：「我只指出事實，你這樣做沒有用。」

孔玉貞低歎了幾聲，看來她也相當堅強，居然忍住了淚，而且還竭力做出一種不在乎的神情來。

她道：「你和他一進來，我就看到了，我看到你們一直在講話，當初才結婚的時候，他也常對我講許多話，可是後來……後來……」

孔玉貞斷斷續續地說着，一個失去了丈夫愛情的女人的申訴，沒有趣味之至。那並不是我沒有同情心，而是這是一件無可奈何的事，講些空泛的話，和

聽她的傾訴，同樣沒有意義。

所以，我打斷了她的話頭：「或許你摒棄楊太太這三個字，恢復孔小姐的身分，你以後的日子，要快樂得多。」

孔玉貞望了我片刻，才道：「你的話很有道理，很多人都這樣勸過我。」

她講到這裏，頓了頓：「衞先生，你是不是相信前生和今世的因果循環？」

我聽她突然之間講出了這樣一句話來，不禁嚇了老大一跳。我只好道：

「這種事——實在很難說，你為什麼會這樣問？」

孔玉貞神情苦澀：「你剛才說到恨，其實，我一點不恨立群，只是感到命裏注定，無可奈何，我甚至感到，我前世欠了他什麼，所以今生才會受他的折磨，被他拋棄。」

這樣的話，本來極普通，尤其出自一個在愛情上失意的女人之口，更是普通。可是這樣的話，出自孔玉貞之口，聽在我的耳裏，卻另有一番感受。因為楊立群、劉麗玲和胡協成三個人之間的錯綜複雜的關係，的確，和前生的糾纏有關！

當我一想到這一點的時候，我心中又陡地一動，孔玉貞和楊立群是夫婦，

那麼，他們的前生，是不是也有某種程度的糾纏？

我忙道：「你為什麼會這樣想？可有什麼具體的事實支持你這樣想？」

孔玉貞呆了半晌，「具體的事實？什麼意思？」

「具體的事實」是什麼意思，我也說不上來，就算我可以明確地解釋，我也不會說。我只好含含糊糊地道：「你說前生欠了他什麼──為什麼會這樣想？」

孔玉貞苦澀地道：「人到了無可奈何的時候，想想我和他結婚之後，一點也沒有對不起他的地方，而他竟然這樣對我，我只好這樣想了！」

孔玉貞的回答很令我失望，這是一個十分普通的想法，我所要的答案，當然不是這樣。於是我進一步引導她，問道：「有些人，可以記得前生的片段，你有這樣的能力？」

孔玉貞睜大了眼，用一種極其奇訝的神情望着我：「真有這樣的事？你真相信人有前生？」

我可以肯定孔玉貞不是在做作，於是我忙道：「不，不，我只不過隨便問問而已。」

孔玉貞又歎了一聲，我改變了一下坐姿：「你剛才來的時候，好像有什麼

話，非對我說不可，你只管説！」

孔玉貞的神情很猶豫，欲言又止，我不説話，只用神情和手勢，鼓勵她將要講的話講出來。她在猶豫了好一會之後，終於鼓起了勇氣：「有一件事，極奇怪，我一直藏在心裏，甚至連立群，我也沒有對他提起過。」

我仍然作着手勢，示意她説下去。她道：「在我們結婚的第二年，有一天晚上，他喝醉了酒，先是拚命嘔吐，後來，他忽然講起話來，講的話極怪，我根本聽不懂，好像在不斷叫着一個女人的名字，那女人叫什麼蓮！」

我雙手緊握着拳，原來楊立群腦中，前生的記憶如此強烈，不但在夢境中表現。人在醉酒之後，腦部的活動，呈現一種停頓的狀態。所以很多人在酒醒後，會有一段時間，在記憶上一片空白。

如果白素的理論正確，前生的一組記憶，進入了腦部，在今生的記憶消退之際，此消彼長，前生的記憶就完全佔據了腦部，也大有可能。

我思緒十分紊亂，竭力維持鎮定，不讓孔玉貞看出來，我道：「喝醉了酒，胡言亂語，那也不算什麼！」

孔玉貞道：「當時，我妒忌，女人聽到丈夫在酒醉中不斷叫着另一個女人

的名字，都會有同樣反應，所以我去推他，問他：『你在叫什麼人？那個什麼

蓮，是什麼人？』他被我一推，忽然抬起頭來，盯着我，那樣子可怕極了──」

孔玉貞講到這裏，停了一停，神情猶有餘悸，接連喘了幾口氣，才又道：

「他盯着我，忽然怪叫起來，用力推我，推得我幾乎跌了一跤，而且叫了起來：

『老梁，我認識你，你再用煙袋鍋燒我，我還是不說！』他一面叫着，一面現出

極痛苦的神色來，好像真有人在用什麼東西燒他！」

我聽到這裏，已經有一陣昏眩的感覺。

在酒醉狀態中，楊立群竟然稱呼孔玉貞為「老梁」！

在和王成一起失蹤的兩個人，就有一個是姓梁的，在檔案上，這個姓梁的

名字是梁柏宗。而且，楊立群又提到了煙袋，那麼，毫無疑問，這個梁柏宗，

就是那個持旱煙袋的人。

難道這個拿旱煙袋的人，是孔玉貞的前生？

我腦中亂成一片，神情一定也十分驚駭，所以孔玉貞望着我：「這種情形

實在很駭人！」

我忙道：「不，不算什麼，人喝了酒，總是會亂說話的。」

我已經第二次重複這樣的解釋了。事實上，我除了這樣講之外，也沒有別的話可說。因為我可以肯定，孔玉貞對於她自己的前生，一無所知。既然她一無所知，我自然沒有必要講給她聽，所以只好如此說。

孔玉貞歎了一聲：「可是，他說得如此清楚，他說這幾句話的情景，我記得極清楚。他叫我『老梁』，真令人莫名其妙。」

我道：「後來又怎麼樣？」

孔玉貞道：「後來我看看情形不對，當時我真給他嚇得六神無主，所以我叫了醫生來，給他打了一針，他睡着了。第二天醒來，他完全記不得酒醉後說過些什麼，我也沒有再提起。」

我笑了笑，竭力使自己的神態輕鬆：「你剛才說有一件怪事，可是據我看來，那算不了是什麼怪事。」

孔玉貞苦笑了一下：「不瞞你說，後來，我請了私家偵探，去調查他是不是有一個叫什麼蓮的女人，可是調查下來，根本沒有。」

我又重複說道：「那也不是怪事。」

孔玉貞又道：「隔了大約幾個月，有一次我的父親來看我，我父親抽煙

斗，我們一起坐在客廳裏，好好地在說話，我一面說着話，一面玩弄着我父親的煙斗，誰知道立群他忽然現出極駭然的神情來。當時，他的神態，不正常到了極點！」

孔玉貞望着我，我道：「他怎麼樣？」

孔玉貞道：「他忽然跳了起來，指着我，喉間發響，講不出話來，身子在發抖。我和父親都被他這種神情嚇呆了。我叫了他幾聲，他才又突然坐了下來，雙手抱着頭，等我拉開他的手去看他時，發現他滿頭大汗，我問他怎麼了，他回答說：『剛才⋯⋯我以為你會拿煙斗來燒我。』」

她講到這裏，略停了一停：「衛先生，這是為什麼？我怎麼會拿煙斗去燒他？是不是他神經不正常！」

我苦笑道：「說不定，或許是他童年時期，有過關於煙斗的不愉快經歷，也許是商場上的壓力太重，造成了這種情形。這些事，其實全不是什麼大事，何以你對之印象如此深刻？」

孔玉貞現出極迷惑的神情：「我也不知道，我總覺得，他對我冷淡，開始在那次醉酒之後。」

252

我唯有再苦笑：「或者是你的心理作用。」

孔玉貞歎了一聲，怔怔地望着外面，然後，站了起來：「真對不起，打擾你了，我還以為將這些事講給你聽，你會有別的見解。」

我作了一個十分抱歉的手勢。我是真正抱歉，因為我的確有我的見解，也知道其中的一切原由，可是我無法對她說。前生的事，糾纏到今世，何必讓有關人等，都知道為什麼？

孔玉貞站了起來，慢慢走開去，走開了兩步之後，又轉過身來：「他為什麼這樣討厭我，我真不明白，實在不明白。」

我道：「感情的事，沒有道理可講。」

孔玉貞沒有再說什麼，走了出去。我默然又坐了片刻，和白素在電話上取得了聯絡，趕回家去，將一切和白素說了一遍。

白素駭然道：「你不感到事情愈來愈嚴重了？」

我說道：「當然感到！楊立群曾殺胡協成，如果他知道了誰是翠蓮——」

白素想了一想，道：「奇怪，他會在下意識中，知道胡協成的前生是王成，知道孔玉貞的前生是梁柏宗，何以竟不知道劉麗玲的前生是翠蓮？」

我苦笑道：「只怕是遲早問題吧。」白素喃喃地重複着我的話。在重複了好幾遍之後，她才歎了一口氣。

既然是「遲早問題」，我和白素，除了繼續和原來一樣，密切注意楊立群和劉麗玲兩人的生活之外，也沒有別的辦法可想。

第十部

行為瘋狂再度殺人

在以後的時日中，楊立群和劉麗玲曾外出旅行了很多次，有一年，他們兩人，幾乎有大半年在外面。兩人的感情愈來愈好。有幾次，我和白素遇到他們，看到他們那種親熱的程度，幾乎會嫉妒。

一年之後，我和白素不再擔心，因為照他們兩人這樣的情形，實在不可能發生什麼悲劇。一直到了將近兩年之後，一個午夜，電話突然響起來，我和白素在夢中驚醒，我先拿起電話來，聽到楊立群的聲音：「嗨，衛斯理，來不來喝酒？」

我看看鐘，時間是凌晨三時四十三分。我不禁呻吟了一聲：「老兄，你知道現在是什麼時候？」我沒有聽到楊立群的回答，卻立時聽到了劉麗玲的聲音，顯然是她搶了電話：「別管時間，快來，我們想你們！」

楊立群和劉麗玲兩人都十分大聲，在一旁的白素，也聽到了他們的話。白素在我耳際低聲道：「看來他們都喝醉了。」

我點了點頭，對著電話道：「真對不起，我沒有凌晨喝酒的習慣，祝你們盡興。」

我說著，已經準備放下電話了，可是電話那邊，卻傳出了劉麗玲尖叫的聲

256

音：「你們一定要來，立群說，他曾經對你講過我們一個最大的秘密。」

我又呆了一呆，不知道劉麗玲指什麼而言，楊立群有太多秘密。我還沒來得及問，劉麗玲在電話那邊的聲音，已變得十分低沉，充滿了神秘：「就是他殺胡協成，我給假口供的事。」

我道：「事情已經過去了，大可不必再提。」

劉麗玲道：「這證明你是我們最好的朋友，你不來，我們會很傷心。」

我還想推卻，在一旁的白素，已經自我手中，接過了電話聽筒，大聲道：「好，我們立刻來。」

我嚷叫了起來，道：「你瘋了！這時候，陪兩個已經喝醉的人再去喝酒！」

白素瞪了我一眼，道：「我們曾經決定過要盡量關注他們的生活！」

我無可奈何，咕嚕着道：「包括凌晨四時去陪他們喝酒，這太過分了。」

雖然我十二分不願，但在白素的催促下，我還是穿好了衣服，和白素一起駕車到劉麗玲的住所去。我們到達時，大約是在接到電話的半小時，按鈴之後，門立時打開。

門一打開，我們就聞到濃烈的酒味，楊立群和劉麗玲兩人，還穿着盛裝，

當然，盛裝已經十分凌亂，看來他們從一個什麼宴會回來之後，一直在喝酒，

沒有停過，我一進去，開門的劉麗玲，腳步歪斜，指着客廳上的一幅地毯：

「他就倒在這裏！他就倒在這裏！」

白素過去扶住了她：「誰倒在那裏？」

楊立群哈哈大笑了起來：「還有誰，當然是胡協成倒在那裏。」

我不禁聽得氣往上衝：「楊立群，你雖然逃脫了法律的制裁，但這並不是

一件光榮快樂的事。」

楊立群一聽，向我衝了過來，瞪着眼：「怎麼不快樂？太快樂了，一刀、

兩刀、三刀，太快樂了，太……」

我看他簡直已到了不可理喻的程度，對付這種醉酒的人，最好的辦法，是

使他清醒過來，所以，我也不和他再多說什麼，抓住了他的手臂，直拖他到浴

室去，扭開了水喉，向他的頭上便淋。

楊立群在開始的時候，拚命掙扎，但是我用力按着他的頭，他叫了起來，

叫了半响之後，忽然他道：「你們淹死我，我也不說。」

突然之間，他講了這樣一句話，令我嚇了一大跳，忙鬆了手，楊立群直起

身子來，眨着眼，望着我，他的那種眼光，看得我有點發毛，唯恐他眼中看出來，我不是我，是一個什麼古怪的人，如「老梁」之類。我不由自主問道：「你認得我是誰？」

楊立群雖然講話仍然大着舌頭，可是經過冷水一淋之下，顯然已清醒了許多：「當然記得，你是衛斯理。」

我聽得他這樣講，才算大大鬆了一口氣，我一面搖着他，說道：「你醉了，快上牀睡吧。」

楊立群不理會我的搖晃，大叫了起來：「麗玲！麗玲！」

劉麗玲在客廳中大聲應着，楊立群掙扎着要向外走去，我只好扶他出去，到了客廳，我將他推倒在沙發上，他立時彈立起來，我再將他推倒，如是者三四次，他才算安分點，坐了下來伸手指着劉麗玲：「將今天我們聽來的故事，向他們說說。」

劉麗玲叫道：「別……說！」

楊立群道：「我要說……今天我們……參加一個宴會，有人講了一個故事，真……有趣。」

之極。

我和白素互望了一眼，相視苦笑。聽喝醉酒的人講故事，那真是無趣

正在我要想法子早一點離開他們之際，劉麗玲忽然尖聲叫了起來：「別說，一點也沒有趣，根本不是什麼故事。」

劉麗玲的神態，極其認真，好像楊立群要講的故事，對她有莫大的關係。

我感到很奇怪，白素也覺得劉麗玲的神態異樣，忙道：「好，不說，人家的事，有什麼好聽的！」

以楊立群和劉麗玲兩人的感情而論，本來絕無理由為這些小事而吵起來，可是這時的情形，異特到了極點，我處身其間，只覺得有一股極其妖異的氣氛，文字所難以形容於萬一，所有完全不應該發生的事，都發生了，而且，發生得那麼突然，那麼迅雷不及掩耳，根本無法阻止，明知道這種事不應該發生，可是當時，就沒有人有力量去阻止。

楊立群本來已被我按得安安分分坐了下來，這時，一聽得劉麗玲這樣講，他又霍地站了起來，樣子不但固執，而且十分兇惡：「我一定要說！」

他在說那句話的時候，聲音尖利，盯着劉麗玲，像是看着仇人。

260

劉麗玲的身子，忽然劇烈地發起抖來：「你敢説？你敢説！」

楊立群笑了起來：「為什麼不敢？非但敢，而且非説不可。」

我和白素看到情形愈來愈不對，我先説道：「算了，我根本不想聽。」

楊立群的態度更是怪異之極，盯着我，厲聲道：「你一定要聽，而且，你一定有興趣聽。」

白素道：「不，我們沒有興趣聽。麗玲也不想你講，你快去睡吧，你醉了。」

白素一面説，一面向我使了一個眼色，又作了一個手勢。我明白白素這個手勢的意思，她是要我一拳將楊立群打昏過去，好讓這場爭吵結束，等到明天酒醒之後，自然不會有事了。

我立時會意，而且也已揚起手來。我是一個武術家，要一下重擊，將一個人打得昏過去幾小時，輕而易舉。可是，就在我揚起手來之際，楊立群陡地叫了起來：「那個女人，從山東來到本地，帶了一筆錢，開始經營生意，眼光獨到──」

他的話令得我的手，僵在半空。楊立群急速講的話，提及了「一個女

人」，「從山東來」，「帶了一筆錢」這些話，都令得我感到震動，他說的那個女人是什麼人呢？

我向白素望去，白素也現出極其疑惑的神情，劉麗玲在這時，陡地衝了過來，揚手就是一個耳光，打向楊立群。

我剛才已經說過，發生的事，全有一種妖異之極的氣氛，沒有一件是人所能料到的，而且，來得疾如狂風驟雨，迅雷閃電，令人連防範的念頭都不容易。

劉麗玲忽然會惡狠狠跳起來，打楊立群一個耳光，這樣的事，怎能想得到？

我就在楊立群身邊，想格開劉麗玲的手，已經慢了一步，「啪」地一聲，楊立群已經重重地捱了一掌。他大叫一聲，退了一步，叫了起來。「我要說，我要說，就算你打死我，我也要說！那個女人做地產生意，發了財，她來歷不明，根本不知道她姓什麼，後來也沒有嫁人，只是收了幾個乾兒子，她就是出名的翠老太太。」

楊立群一口氣講到這裏，才停了下來。「翠老太太」這個名字，我們並不

262

陌生，她是本市一個傳奇人物，死了好幾十年，她擁有很多地產，她有幾個乾兒子，是十分有名望的富翁，有的已死了，有的還存在。

楊立群何以忽然講起「翠老太太」的故事，真叫人莫名其妙。

劉麗玲厲聲道：「你再說！」

楊立群笑着，笑容詭異：「我當然要說，因為我認識這個翠老太太。」

劉麗玲轉向我們，尖聲道：「你聽聽，他在胡言亂語什麼？這老太婆死的時候，他還沒有出世，可是他卻說認識她！」

楊立群陡地吼叫起來：「我認識她。」

我忙道：「你認識她，也不必吼叫，不過，你不可能認識她！」

楊立群向我湊過臉來，酒氣沖天，壓低了聲音，神情更是詭異絕倫：「我認識她！她帶了七百兩黃金和一些珠寶，離開了山東，來到本市，竟然發了財，人人都尊敬她，叫她翠老太太，誰知道她原來是『破鞋』！」

楊立群的這幾句話，講得十分急驟，簡直無法叫人打斷他的話頭。

而我聽到了一半，已經完全呆住了。

楊立群說的是翠蓮！「翠老太太」就是翠蓮。

我也明白了劉麗玲為什麼一定不讓楊立群說，因為她也知道「翠老太太」

就是翠蓮。翠蓮當年，離開了家鄉之後，不知所終，原來她一直南下，來到了

這裏，經營地產，成了顯赫人物。

劉麗玲當然知道自己的前生是翠蓮，所以她才不讓楊立群說。

在這種情形下，我和白素真的怔呆了，我忙道：「這沒什麼，本市這種傳

奇人物多得很，有一個巨富，就是擺渡出身。」

楊立群「桀桀」地笑了起來：「這個翠老太太，發了財，人人都對她十分

尊敬，有誰知道她原來是一個妓女？」

劉麗玲尖聲道：「你怎麼知道她是一個妓女？」

楊立群道：「我知道！我就是知道，我認識她，我知道她是一個最不要臉

的妓女，我──」

我不等他再說下去，就強力將他拉過一邊，在他耳際道：「你再說下去，

劉麗玲就會以為你是神經病。你在透露自己的前生，這是你要嚴守的秘密，不

然，劉麗玲會離開你。」

我的話十分有力，楊立群陡地一震，神志像是清醒了不少，但是他立即又

問我：「為什麼麗玲不讓我說？為什麼當席間有人提起這個翠老太太的時候，她也失態地不讓人說下去？」

我知道這事，十分難以理解，我絕不能告訴他劉麗玲的前身就是「翠老太太」。

我只好道：「她當然不想聽，誰想聽一個對自己完全無關的故事？誰想自己心愛的人喝醉了胡說八道？你們快去睡吧。」

我在和楊立群說話時，同時注意劉麗玲的行動，看到她在大口喝酒，白素想阻止她狂飲，但不成功。劉麗玲已經醉得不堪，用力拋出了酒杯之後，人向沙發上倒了下去。

楊立群還在叫：「我認識她，她就是那婊子，就是她！就是她！」

我推楊立群進臥室，將他放在牀上，他又咕嚕了片刻，才不出聲。我回到客廳，和白素相視苦笑：「我們怎麼樣？」

白素道：「我看，要留在這裏陪他們。」

這時，我作了一個決定：「由得他們去。」

我不知道照白素的意見，我們留下來，以後事情的結果會怎樣。結果白素

聽了我的意見，以致第二天發生了可怕的事。是不是我們留下來，就可以免得發生這可怕的事呢？我不知道。我也不知道是不是就算我們留下來，這種可怕的事還是一樣會發生。

將來的事，全然無法預測，將來的事，受各種各樣千變萬化的因素影響，全然是一個無法追求答案的未知數。

事後，我和白素再討論事情的發展和結果時，我和白素的見解都一樣。

我和白素離開劉麗玲的住所，才關上門，又聽得楊立群發出了一下憤怒的怪叫聲，接着，又是一下重物撞擊的聲音。

白素立時向我望來，她並沒有說什麼，只是用她的眼色，作了一個徵詢的神情。我伸手指着升降機，神情堅決，表示離去。

白素看了我的神態之後，略有驚訝的神色，但她並沒有表示什麼，就和我一起走進了升降機。

事後，我們也曾討論過我當晚的態度。

我自己也認為，當時堅決要離去，不肯留下來，這種情形，和我的個性不十分相合，白素在當時就感到奇怪。

266

白素當時感到奇怪，我卻在事後對自己的行動感到奇怪，在當時，我覺得理所當然，一點也不覺得有什麼不對，也全然沒有考慮到後果會如何。

當時這種自然而然的感覺基於什麼產生，我到現在，事情過去很久以後，還不明白。只是在很久很久以後，我和簡雲又提起了楊立群的事，這個心理學專家才提出一個解釋。我也只好抱着姑妄聽之的態度，不敢相信。

至於簡雲的解釋是什麼，我會在後面詳細複述他和我的對話。

我和白素離開了劉麗玲的住所，由白素駕車回家。照白素的說法，我在回家途中，神情十分輕鬆，在車中，不住抖着腿，吹着口哨，甚至哼着歌，像是忽然之間，了卻了一樁多年未了的心事。白素一面開車，一面頻頻以驚訝的目光望向我，但是我卻未曾注意。

到了家，我也一點睡意都沒有。雖然躺在牀上，可是雙手反托着頭，睜大了眼，直到白素大聲喝問：「你究竟在想什麼！」（據她說，喝問到了第三遍，我才陡地如夢初醒：「沒什麼，我沒想什麼。」

我一面回答，一面看到白素的神情十分疑惑，我笑了一下：「真的，我沒想什麼。」

白素歎了一聲：「我倒有點擔心──」

我揮着手：「擔心什麼，怕楊立群和劉麗玲會吵起來，然後會──」

白素的神情更是擔憂：「如果兩個人起了衝突，那……照他們前生種種的糾纏來看，可能……可能……」

我苦笑道：「我們無法二十四小時在他們身邊監視，那就只好由得他們去。」

白素歎了一聲，沒有再說什麼，就躺了下來，熄了燈，我也在矇矓中睡去。我不知道睡了多久，在感覺上，只是極短暫的時間，牀頭的那具電話，突然又像被人踩到了尾巴一樣地叫了起來。

我彈坐了起來，睜大眼，忍不住罵了一句粗話。白素也被電話吵醒，揉着眼，我注意到窗簾縫中，略有曙光，大概是天才亮。

我一面拿起電話來，問白素道：「如果又是那兩個王八蛋打來的，我不和他們客氣！」

白素向我作了一個「快聽電話」的手勢，自然是指楊立群和劉麗玲。

我所説的「那兩個王八蛋」，自然是指楊立群和劉麗玲。

我對着電話，大聲道：「喂！」

電話那面傳來的聲音，卻不屬於「那兩個王八蛋」中的任何一個，而是一個急促的男人聲音，先是連聲道歉，然後才道：「衛先生，我是黃堂！」

我呆了一呆，黃堂，那高級警務人員！我吸了一口氣：「黃堂，現在幾點鐘？」

黃堂道：「清晨六點十二分，對不起，我非找你不可，請你來一下，本來，這不應該由我處理，更不應該麻煩你，可是事情的當事人之一，是我們的熟人！——」

他說之不已，我已急得大吼一聲：「快點說，別繞彎子！」

黃堂一連答了幾聲「是」，才道：「是這樣，楊立群架車，撞死了人。」

我一聽，「啊」地一聲叫了出來，白素也聽到了，她雙手掩住了臉。

在那一剎間，我和白素的想法全是一樣的。不幸的事終於發生了。楊立群報了前生的仇，他不是用刀子刺死劉麗玲，而是用車子撞死了她。

想到這一點之際，我張大了口，除了發出「啊啊」聲之外，講不出別的話來。

黃堂繼續道：「怪的是，被楊立群撞死的……那位女士……」

我呻吟了一聲：「劉麗玲！」

黃堂聽得我說出了「劉麗玲」的名字，像是陡地呆了一呆，才道：「為什麼會是劉小姐？不是她。」

我使勁搖了搖頭，拉下白素掩住了臉的手：「不是劉麗玲，是誰？」

黃堂道：「是孔玉貞，楊立群的太太。」

當我聽說楊立群殺了人（用車子撞死人，也是殺人。）而且被殺的女人又是一個女人時，我想被殺的女人一定是劉麗玲。預知的，期待已久的悲劇終於發生，驚訝、難過、無可奈何。

可是被撞死的竟然是楊立群的太太孔玉貞！那令我感到意外之極，驚訝到了連「啊」的一聲，都發不出來。

黃堂在電話中又接連地「喂」了幾聲：「你聽到了沒有？」

我像是一個剛跑完了馬拉松的運動員，一面喘着氣，一面用軟弱無力的聲音道：「是，我聽到了，楊立群用車子撞死了他的太太孔玉貞。」

黃堂又像被我的話震動了一下：「衛先生，照你的說法，倒像是楊立群有意謀殺了他的太太。」

270

我的聲音仍然一樣軟弱：「不是？」

黃堂略為遲疑一下：：「有目擊證人，據證人敘述，很難達成是謀殺的結論，應該是意外。」

我和白素望了一眼，思緒紊亂，我和楊立群分手，最多兩小時，楊立群醉得不堪，怎麼會駕車出去，撞死了孔玉貞的？孔玉貞在凌晨時分，又為什麼會不睡覺，在馬路上面逛？真是難以令人相信。

我勉力定了定神：「如果是一件普通的車禍，雖然丈夫撞死了妻子，令人感到疑惑，又何必來通知我，也不必你來管！」

黃堂道：「本來是，出事之後，楊立群將自己鎖在車子裏，不肯出來。」

我有點生氣：「可以撬開車門，拉他出來。」

黃堂苦笑了一下：「他用的那種車子，無法撬開車門，要弄他出來，只好動用電動切鋸，我們又不想那樣做，所以才想起了你。」

我已經在穿衣服：「好，在哪裏？我立刻來。」

黃堂立時告訴了我一個地址。我一聽之下，又呆了一呆，那地方，是一處相當熱鬧的市區，臨近一間戲院，離劉麗玲的住所，和楊立群原來的家都相當

遠。我不但想不出楊立群何以會到那地方去，也想不出孔玉貞何以清晨會在那地方出現。

我又說了一句立刻就來，放下電話，以最快的速度穿好衣服，然後，向白素做了一個要她在家等我的手勢，就匆匆離家而去。

當我駕車駛近出事地點之際，由於那裏是交通要道，雖然時間還早，交通已相當繁忙，更因為出了事，有一截道路被封閉，所以車輛擠成一堆，相當混亂。幾個維持秩序的警員，在叫其他的車輛改道，我的車子駛近前，一個警官迎了出來，俯下身，大聲道：「黃主任等得很急，衛先生請快來。」

我點着頭，駕車駛向前，轉了一個彎，就看到楊立群的車子。

那輛車子，我有很深刻的印象。應該說是劉麗玲的車子。當日，劉麗玲就是駕着這輛車，才和楊立群勾搭上手的。

我也看到車中有一個人，雙手抱着頭，蜷縮在駕駛位上，車旁，有幾個警方人員，正在用各種工具，想將車門弄開來。

黃堂向我急急迎來，我先向那些在車旁的人指了一指：「不必浪費時間，這種跑車的特點之一，就是它的門鎖，不能用鑰匙以外的東西打開。」

黃堂苦笑着，向車旁的各人揮了揮手，那些人都帶着憤然的神色，退了開去。

我來到了車邊，看着地上的血迹，車頭有一盞燈被撞得粉碎，碎玻璃上，也有血迹，可知當時那一撞之力，極其猛烈。我也注意到，車子停的地方，在過了一個紅綠燈後不多遠，大約是二十公尺左右。

自紅綠燈位起，到車子停止處，有着極其明顯的煞車痕，由此可知，車子撞到人的正確地點，就是在交通燈的位置上！

我略看了一下四周圍的環境，就俯身去看車子中的楊立群。楊立群一動也不動地蜷縮在駕駛位上，至少我到了之後，他也沒動過，雙手抱着頭，將頭藏在手臂中，根本看不到他面上的神情。

我一面看他，一面用力拍着玻璃窗。楊立群一點反應也沒有。我冷笑了一下，轉身向黃堂道：「我有一個最簡單的方法，可以打開車門。」

黃堂道：「我知道，打碎一塊玻璃，就可以打開車門，但是，動作不小心，會令他受傷。」

我叫了起來：「他撞死了一個人！他撞死了他的妻子！你也很清楚他的婚

姻生活，那簡直……簡直……」

我本來想說：「簡直是謀殺」的，可是黃堂卻止住了我。我在剎那之間，情緒會如此激動，當然有道理。楊立群和劉麗玲的戀情，早已公開，孔玉貞和他沒有感情，人盡皆知。在這樣微妙的關係下，如果說楊立群駕着車，「湊巧」撞死了孔玉貞，太過湊巧了。

我瞪着黃堂，怪他阻止我說下去，黃堂忙道：「有幾個目擊者證明，當時行人紅燈，那幾個人在等着，可是在他們身邊的孔玉貞，卻向前直衝，雖然那時並沒有別的車輛，可是你看，那裏有一個彎角，楊立群的車子，自那裏疾轉過來，速度相當高，但也沒有超過限速，一轉過來，恰好撞向闖紅燈的孔玉貞，撞力十分猛烈——」

我聽到這裏，悶哼了一聲：「那幾個證人——」

黃堂道：「有各種不同的身分，有的是報販，有的是公司經理，也有一個是某大亨的司機……楊立群全然不認識他們。」

黃堂像是猜到了我想說楊立群可能收買證人，所以先解釋給我聽。我呆了一呆，照這樣看來，純粹是孔玉貞不遵守交通規則而造成的一項交通意外。

274

但我卻不相信那是意外。

因我所知太多。我知道楊立群的前生是展大義。他曾經用十分狡猾的方法謀殺了前生是王成的胡協成。

而孔玉貞的前生，極有可能，就是那個在南義油坊中毒打小展的三個人中的那個拿旱煙袋的梁柏宗。

楊立群撞死了孔玉貞。我不相信那是意外。

我一面想着，一面拍着車窗，同時大聲叫着。可是車中的楊立群，仍然沒有反應。我已經順手拿起一個工具來，要向車窗砸去。

這時，我想到：楊立群的行為，必須制止。

楊立群的行動，是瘋狂的。

胡協成死於他的冷血謀殺，而楊立群所以要殺胡協成，是因為胡協成的前生是王成。

楊立群向我坦白他如何冷血謀殺胡協成，我已忍無可忍，只不過在法律上，卻已無奈他何。

這時，他又殺了孔玉貞，而且在表面上看來，他又不需要負任何責任。

這種情形如果發展下去，下一個被害者是誰？多半是劉麗玲，因為在前

生，翠蓮一刀刺進了小展的心口。

在劉麗玲之後，又是什麼人？王成、梁柏宗之外，還有一個曾祖堯！

這種情形必須制止！不能再任由楊立群去殺人，去報他前生的仇。

我抓在手中的那工具，是一個小型起重器，足可以打破玻璃，我揚起了起

重器來，黃堂連忙叫道：「衛先生，等一等！」

我略停了一停，就在那時，車中的楊立群，忽然抬起頭來，雙眼之中，充

滿了茫然的神色。

他那種神情，我熟悉得很。當日，胡協成死後，在警局的口供室中，就一

直維持着這種神情。所以，看到他又現出這樣的神情來，更令我厭惡。我不顧

黃堂的阻止，還是用力將起重器揮下，擊在玻璃上。一下將玻璃打得粉碎，破

玻璃濺了開來，有不少濺在楊立群的臉上，造成了許多小傷口。

血自那些小傷口流下來，一絲絲，令得他的臉，看來變得十分可怖。

他像是陡然自夢中驚醒，叫了起來，聲音十分尖厲，然後又急促地問道：

「我撞倒了一個人，撞倒了一個人，那人呢？那人呢？」

他一面說，一面探頭向外望來，像是想看被他撞倒的人在哪裏。黃堂冷冷地道：「不必看了，被你撞倒的人，在救傷車到達之前，已經死了。」

楊立群張大了口，現出極其吃驚的神情，結結巴巴地道：「我……那人……是個女人？她突然……突然奔過馬路，那時……分明是綠燈，我完全沒有想到減速，也來不及，我撞上了她，立即停車，我……事情發生了多久？我是不是……昏了過去？」

楊立群反而向我們發出了一連串的問題，我已經伸手進去，打開了車門，同時，抓住了他的手臂，將他拉了出來，搖晃着他的身子，厲聲問道：「我和你分手的時候，你已經喝醉了酒，你為什麼還要駕車出來？」

我的話，當然立即可以得到證明，因為楊立群直到此際，還是滿身酒氣，人人可以聞得到。

楊立群被我搖得叫了起來：「是的，我是喝了不少酒，可是我還能駕車，我一點沒有違反交通規則，她突然衝出來，那是一個女人？」

他一再問及，被他撞倒的是不是一個女人，這一點，令我十分起疑，但是又抓不到他什麼破綻，我只好大聲道：「不錯，是一個女人，你可知道被你撞

倒的是什麼人？」

我這樣一問，楊立群陡地震動了一下，立時轉過頭去。雖然他立即又轉回頭來，可是剛才那一剎間他的吃驚神情是如此之甚，那絕瞞不過我。

為什麼當我提及他撞倒的是什麼人時，他會這樣吃驚？

我心中疑惑，可是卻又無法盤問他，我只好盯着他，他像是有意躲避我的目光，我不肯放過他，一言一頓，用極嚴厲的聲音說道：「被你的車子撞倒，立即死亡的人，是你的太太，孔玉貞！」

楊立群一聽得我這樣說，所受的震動之劇烈，真是難以形容，我從來也未曾見過一個人因為一句話而震驚到如此程度的。

剎那之間，他的臉色變得如此難看，找不到一絲生氣，他的眼中現出可怕的神色，口張得極大，急速地喘着氣，簡直就像是一條離了水的魚，身子在劇烈發着抖，頭髮也因為顫抖而起伏。

他的樣子，令得黃堂也吃了驚：「你怎麼了？」

楊立群的喉際，發出一種「荷荷」的聲音來：「是真的，是真的！」

黃堂道：「是真的！」

278

在這裏，我必須說明一下：楊立群連說了兩下「是真的」，在黃堂聽來，像是他在問我，剛才我所說的話是不是真的。在黃堂聽來，「是真的」三個字之後，是一個問號。

這三個字，聽在我的耳中，卻有全然不同的感覺，在我聽來，楊立群所說「是真的」三個字之後，是一個驚歎號！那分明是他本來對某一件事，心中還有所懷疑，但是在聽到了我的話之後，懷疑得到了證實，所以才會這樣講。

他本來在懷疑什麼？在我的話中，又證實了什麼？我實在忍不住，大聲道：「楊立群，你究竟——」

他不等我講完，就用一種哀求似的目光望定了我：「別急，我會和你詳細說。」

他這句話的聲音壓得十分低，只有我一個人聽得見，我用低沉而惡狠狠的聲音道：「記住，你已經殺了兩個人！」

楊立群一聽得我這樣說，身子又劇烈發起抖來。在一旁的黃堂，顯然不知道我和楊立群之間在辦什麼交涉。

我指着被我打碎了的玻璃：「以後，用這樣簡單的方法就可以解決的事，

別來煩我。」

黃堂連聲道：「是，是。」

我向外走去，在經過楊立群的身邊之際，我又壓低了聲音，狠狠地警告

他：「別忘了你剛才的諾言。」

楊立群像是要哭出來，我不再理會他，逕自上了車。才駛近家門，就看到

白素迎了上來，白素的神情有點異樣，向着門，悄指了一指：「劉麗玲在裏

面，她已接到了楊立群的電話，楊立群告訴她，闖了禍，撞死了自己的太太。」

我吸了一口氣，和白素一起走進去，一進門，劉麗玲臉色蒼白，站了起

來：「怎麼樣？是不是……警方會不會懷疑他謀殺？」

我悶哼了一聲，胡協成死於楊立群的冷血謀殺，劉麗玲雖然不是幫兇，卻

在事後編造了一套假口供，使楊立群逃過了法律的制裁，這件事，我不很原諒

劉麗玲。所以我一聽得她這樣問我，就忍不住道：「那要看是不是又有人肯替

他作假證供。」

劉麗玲一聽，臉色變得灰白，坐了下來。白素瞪了我一眼。我問道：「我

們走了之後，究竟發生了些什麼事？他為什麼要駕車外出？」

劉麗玲搖頭道：「不知道，我真的不知道。我根本不知道他出去了，我醉得不省人事，一直到被他的電話吵醒，直到現在，我還覺得天旋地轉。」

我看了她一會：「昨天你們曾吵過架，你還記得不記得？」

劉麗玲苦笑道：「記得一點，那⋯⋯是我們第一次吵架⋯⋯第一次。」

我俯近身去：「有第一次，就有第二次，第三次，我切切實實忠告你，快和他分手！他的神經不正常，你和他在一起，會有極大的危險！」

當我在這樣講的時候，白素在我的身後，不住地拉着我的衣服，示意我別講下去，可是我卻不加理會，還是把話說完。

我實在非說不可，當年，在南義油坊中出現過的一共是五個人，除了小展之外，全是小展的仇人，王成和梁柏宗已經死在楊立群之手，曾祖堯今世變成了什麼人，根本不知道，那麼，下一個輪到的，除了劉麗玲，還會是什麼人？

我對劉麗玲的警告，簡直已經不是「暗示」，而是說得再明白都沒有。

由於我發出的警告太駭人，劉麗玲用極其吃驚的神色望定了我：「不，不，我不能和他分開，他⋯⋯愛我，我也愛他。」

我不肯就此算數：「你明知他是一個冷血的殺人犯，你還愛他？」

劉麗玲尖叫了起來：「他……沒有罪，胡協成算是什麼東西，這樣的人渣，怎麼能和他比！」

我又狠狠地道：「他又撞死了他的太太！當他兇性再發作的時候，下一個就會輪到你！」

我一面說着，一面伸手直指着劉麗玲。白素在一邊，叫了起來：「太過分了！」

我仍然不縮回手來，她望着我的手指，身子發着抖，過了好半晌，才漸漸恢復了鎮定：「不，我不會離開他，他也決不會離開我。」

我還想再說什麼，電話突然響起，白素走過去聽電話，向劉麗玲招着手，劉麗玲忙起身，接過電話來，我和白素，都可以聽到電話那邊傳來的楊立群的聲音。楊立群在大聲道：「麗玲，有很多目擊證人，證明完全不是我的錯，你放心，我不會有事！」

劉麗玲現出極其激動的神情：「謝天謝地，我馬上來接你。」

她說着，放下電話，就向外直衝了出去。

白素歎了一聲：「你剛才何必那樣！」

我只覺得極度疲倦：「我只是不想楊立群再殺人。為了虛玄的前生糾纏而殺人。」我不等她講完，就叫了起來：「我不相信這是意外，絕不相信。這一對狗男女，他們所講的話，我沒有一句相信。」

白素苦笑了一下，我神態激動得不尋常，她反問了我一句：「不相信到何種程度？」

我想也不想，就脫口道：「那是早就計劃好了的！什麼同一的夢，前生的事，全是一片胡言！目的就是要殺掉胡協成和孔玉貞，又可以令得他們逍遙法外。」

白素的神情極吃驚：「你太武斷了，他們兩人，在我們家門口認識，而楊立群又曾不辭萬里，去追尋他的夢。」

我仍然激動地揮着手：「誰知道，或許這也是他們早安排好的！」

白素斷然道：「絕不會。」

我瞪大了眼：「不管怎樣，我不相信他們，也要制止楊立群再殺人。」

我一面說，一面已準備向外走去，白素道：「你準備到哪裏去？」

我已經走到了門口，回頭，大聲道：「我去調查一下，孔玉貞為什麼一大

早會到那地方去，叫楊立群撞死。」

白素歎了一口氣，叫楊立群撞死。」

白素歎了一口氣：「似乎不關我們的事？」

我的聲音更大：「當然關我們的事，楊立群已經殺了兩個人，根據他殺人的理由，至少劉麗玲也會被殺，怎麼不關我們的事？」

白素又歎了一聲，用很低的聲音道：「你不應該否定他們如今的糾纏，和他們的前生無關。」

我道：「我不是否定，我只是說，楊立群沒有權利殺人，他不能藉着前生的糾纏，而一再殺人。」

我再三強調着楊立群「殺人」，白素向我走了過來：「如果昨天晚上，我們不離開，楊立群當然不會駕車外出，也就不會導致孔玉貞的死亡——」

我聽得白素這樣講，略驚了一驚。接下來，我們所討論的事，前面已經提及過，不再重複。我們的結論是，就算孔玉貞不死在今天早上，也會因為某種「意外」而死亡。而且，她的死亡，也一定會和楊立群有「直接關係」。

「直接關係」是白素的用語，要是照我的說法，我會說，孔玉貞遲早會被楊立群所殺。從胡協成、孔玉貞的遭遇來看，劉麗玲也毫無疑問，會被楊立群所

284

殺，而我要盡一切力量阻止。

白素無可奈何，望着我離開，我似乎聽到她在喃喃地道：「別硬來，有很多事情，人力不能挽回。」

我並沒有停下來再和白素爭論這個問題，而逕自向外走去。我想去調查孔玉貞的真正死因。如果我能夠證明，孔玉貞死於楊立群的刻意安排，那麼，就可以將楊立群繩之以法。楊立群要是被證明有罪，劉麗玲不會再愛他，那麼，劉麗玲的生命，就有了保障。不然，只怕不論我説什麼，劉麗玲都不會相信她有朝一日，會死在楊立群之手。

我駕着車，來到了楊立群的家——楊立群和劉麗玲同居之後，孔玉貞一直住在那幢小花園洋房。我一到門口，就看到屋子外，停着一輛警車，一個人正從屋內走出來，我叫了起來：「黃堂！」

黃堂轉過身來，我已停下了車，自車窗中伸出頭來望着他，他也望着我，我們兩人的神情都顯得十分驚訝，但在對望了片刻之後，又不約而同，一起笑了起來。

我下車，向他走去：「你來——」

他同時也這樣問我，我指了指屋子：「來了解一下，孔玉貞為什麼會到出事的地方去，你也為這個來的？」

黃堂點頭道：「是，而且，已經有了結果。」

我忙問：「是楊立群約她出去的？」

黃堂搖着頭：「不，屋中所有的傭人，還有孔玉貞的一個遠房親戚，他們全說孔玉貞一直有早起散步的習慣，每天都不間斷。」

我怔了一怔：「散步散到鬧市去？」

黃堂道：「那是孔玉貞的習慣。她習慣駕車外出，沒有目的，停了車，就四處走走，有時，會在菜市附近，順便買菜回來。我們已找到了孔玉貞的車子，停在出事地點附近的一個停車場。這件事，看來純粹是一椿意外。」

我悶哼了一聲：「是意外，你為什麼要來調查？」

黃堂現出無可奈何的神色：「由於事情太湊巧，楊立群殺了胡協成，又撞死了孔玉貞，而這兩個人，正是他和劉麗玲結合的大障礙。」

我冷笑道：「不單只為了這個吧。」

黃堂想了一想：「是的。胡協成的死，我們有疑問，現在孔玉貞又死了，

286

所以我才來查。」

我以前已經說過，黃堂是一個厲害腳色，他在那樣講了之後，又望定了

我：「你知道不少內情，是不是？」

我維持着鎮定：「內情，有什麼內情？我和你一樣，覺得胡協成和孔玉

貞的死，對楊立群太有利了，而兩個人又恰好一起死在楊立群之手，所以感

到懷疑。」

黃堂歎了一聲：「我感到，這兩個人都是被楊立群謀殺的。」

我心中暗暗吃驚，表面上不動聲色。雖然我覺得黃堂的推論十分接近事

實，我也跟着歎了一聲，道：「只可惜『感到』不能定罪。」

黃堂現出十分懊喪的神情：「我一定會繼續查。」他頓了一頓，才又道：

「如果世上有十全十美的犯罪，那麼，楊立群這兩件案子就是典型。」

我沒有說什麼，報之以苦笑，呆了片刻，我才又問道：「照你看來，孔玉

貞的死，全然是意外？」

黃堂道：「從所有的證據看來，那是意外，警方甚至不能扣留楊立群。」

我「啊」地一聲：「要是這樣——」我的思緒十分紊亂，在講了一句之後，

不知如何說下去才好，只好乾笑着：「那我可以立刻找他詳談。」

黃堂瞪了我一眼：「你想在他口中得到什麼？想他自己承認殺了孔玉貞，是蓄意謀殺？」

我本來想說「是的」，但是這兩個字，在喉嚨裏打了一個轉，又咽了下去，逕自走開。回家之後，我就開始找楊立群，我知道楊立群和劉麗玲離開了警局。他們家裏的電話沒有人聽，辦公室則說他並沒有上班。

第十一部

事情終於**發生了**

我一直試圖和楊立群接觸，白素也在找劉麗玲，這兩個人，好像在空氣中消失了一樣。一直到了午夜時分，我再打電話到劉麗玲的住所，那時，全市的晚報已經刊登了孔玉貞因車禍致死的消息。

這一次，電話總算有人接聽了，我聽到了楊立群極疲倦的聲音：「看老天份上，別來煩我了。」

我忙道：「我沒有煩過你，我不是記者，是衛斯理。」

楊立群發出了一下呻吟聲：「是你！」

我道：「是我，我一直在找你。如果你太疲倦，我們改天再談。」

楊立群卻急急叫了起來，道：「不！不！」他的這種反應，很令我感到意外，我還沒有接口，他又道：「現在，我就想和你談談，你等一等。」他講到這裏，像是放下了電話，走了開去，沒有多久，他的聲音又響了起來：「麗玲睡着了，我立刻來你這裏。」

我不知道楊立群何以這樣心急要來看找。本來我就想找他談，我當然沒有理由拒絕。放下電話，向着在樓下的白素叫道：「楊立群說他立刻就要來，他來了讓我來應付他。」

白素答應了一聲，我也下了樓，在客廳中來回踱步，等着。

比我預算的時間來得早，我就聽到了汽車在門口的急煞車聲，我連忙打開門，看到楊立群正下車，臉色蒼白，向我走來，隔得還相當遠，一蓬酒味，就噴鼻而來。看這樣子，他像是一整天都在喝酒。我過去，想扶住他，但是他的神智倒還清醒，推開了我的手：「我沒有醉。」他一面說，一面用手指着我：

「我所想的，所說的，全在清醒狀態之下進行的。」

我作了一個無可奈何的手勢，請他進去，在他還沒有坐下來之前，我就在他的身邊，低聲道：「今早的事，不是意外？」

我以為我的話，一定會引起楊立群的極大震動，誰知他聽了之後，只是茫然地望了我一眼：「原來你早已猜到了。」

他那種冷靜的神態，令得我極其激怒，我一伸手，就向他的衣領抓去，想將他提起來，狠狠給他兩個耳光。可是我的手才揚起來，就有人在我的手肘上托了一下，令得我的動作，一下子失去了準頭，手臂變得可笑地向上揮了一揮。我回頭一看，托我手肘的，正是白素，她向我使了一個眼色，示意我聽楊立群講下去。

楊立群像是根本不知道他自己的態度差點捱了打，神情依舊茫然：「不是意外，我是有意撞死他的，我恨他，他害我，打我，我一定要報仇，我看到他在前面，我用力踏下油門，撞過去，看到他被撞得飛起來，看到他的血濺出來，我感到快意……」

他說到這裏，急速喘起氣來，我愈聽愈吃驚，大喝一聲：「你說的是誰？」

楊立群道：「梁柏宗，我撞死了他。」

這一下，我實在忍不住了，「拍」地一聲，在他臉上，重重打了一掌，屬聲喝道：「你撞死的是孔玉貞，不是什麼梁柏宗！」

楊立群撫着被打的臉，他這時的神情，不是痛苦，也不是憤怒，反倒是一種極度的委屈：「我以為你會明白，孔玉貞，就是梁柏宗。」

我更加怒氣上衝，聲音也更嚴厲：「見你的鬼。」

楊立群喃喃地道：「是的，也許我見鬼了。」

我疾聲道：「楊立群，你那見鬼的前生故事，不能掩飾你謀殺的罪行，再也不能。」

楊立群發出一連串的苦笑聲：「你錯了，我根本不知自己駕車外出時會

遇到什麼人，我只是因為和麗玲有了第一次爭吵，心中覺得不痛快，所以想駕車出去散散心。誰知道突然之間，我看到了梁柏宗，看到了他之後，我就忍不住——」

他略頓了一頓，才又道：「那情形，就像是我看到了胡協成之後一樣。」

我被他那種無賴的態度，氣得連話也說不出來。白素道：「楊先生，你的意思是，在你的前生，梁柏宗曾經害你，所以你才要撞死他？」

楊立群居然毫不知恥地大聲道：「是。」

白素歎了一聲：「那麼，我不知道你要是遇見了那四個皮貨商，你會怎樣？」

楊立群一聽，低下頭去，喃喃地道：「我不知道，我不知道，我真的不知道……那包是毒藥。」

他一直重複着那幾句話，白素向我低聲道：「你看他，這是極罕見的例子，一個人的前生經歷，深深地侵入了他今生的記憶之中，造成了他嚴重的精神分裂，使他一下子是楊立群，一下子是展大義。」

我苦笑了一下，白素還有這樣地冷靜去分析他的心態，我說道：「他喜歡

怎樣分裂，是他的事。可是他卻將人家也當作是精神分裂症患者，隨意憑他的判斷殺人。」

我的話，講到後來，提高了聲音。楊立群陡地站了起來，臉漲得通紅：

「不！我不是隨便殺人的，他們害我，我根本不知道那是毒藥，那四個……四個皮貨商人，就算他們見到我……他們也不會殺我，他們該去找給我毒藥的人。」

楊立群的神情，又變得瘋狂，我毫不客氣地伸手，在他的胸口，用力推了一下，令得他坐回沙發，然後，我俯下身，雙手按在沙發的扶手上，和他面對面：「胡協成和孔玉貞的前生是什麼人，只不過是你的想像！」

楊立群大聲叫了起來：「不！」

我幾乎忍不住，我實在想告訴他，他如今最愛的那個女人，就是前生殺了他的人。

一定是我的神情，變得十分異樣，白素陡地叫了起來，她看出了我的心意，所以她叫道：「別亂說話！」

我怔了一怔，面肉不由自主地抽動着。楊立群極激動，我的神情，白素的喝阻，他全然未加注意，他只是想站起來，由於我俯身阻擋在他的身前，他站

不起來，掙扎了幾下，仍然坐着。

他的臉漲得通紅，尖聲叫道：「不！他們的確是！我，我不是胡亂殺人，告訴你，我早就知道了劉麗玲就是翠蓮，我並沒有殺她的念頭。」

楊立群陡然之間，講出了這樣的話來，我和白素兩人，真是嚇呆了。

這是我們兩人用盡一切方法想保守的秘密，可是他卻早就知道了。

我陡地後退了一步，張大了口，一句話也講不出。楊立群站了起來，喘着氣，聲音極大：「劉麗玲的前生是翠蓮，想不到吧！」

楊立群道：「我和翠蓮，今生一定會有糾纏，會認識，我要找的人，就日夜在我身邊！」

由於一刹那之間的震驚是如此之甚，所以我實在不知道如何接口才好，一直等他講完，我才道：「別胡思亂想，怎麼可能？」

我的話，連我自己聽來，也軟弱無力。楊立群一聽，立時「哈哈」大笑：「胡思亂想？絕不是，我早就看出來了，每次，我從前生噩夢中醒來，她也一樣，她和我同時做夢，在她殺了我之後，一起醒來。有好幾次，我夢醒之際，根本就和還在夢中一樣，在我面前的，不是劉麗玲，簡直就是翠蓮！」

白素苦澀地道：「楊先生，你實在該去看看精神病醫生才好，我認為你的精神，極不正常！」

白素的話，同樣軟弱無力，楊立群又笑了起來：「你們怕什麼？怕我會殺了麗玲？告訴你們，我決不會胡亂殺人，我知道了之後，對麗玲一點也沒有恨意，還是一樣愛她！」

我和白素互望了一眼，實在沒有任何話可說，楊立群向外走去。

他到了門口，才轉過身來，大聲道：「我的事，由我處理。人和人之間的關係，太複雜了，太多因素了，連當事人自己也不了解，別說外人，所以，你們別替我擔心！」

他說完了話，姿態像是一個大演說家一樣，揮着手，疾轉身，挺胸昂首，走了出去。

我和白素只是身子僵硬地看着他走出去，一句話也講不出。我們並不是沒有應變經驗，但事情變到這種程度，我們一點辦法也拿不出來。

在他走了之後，我們又呆立了很久，我伸手在臉上，抹着因為震驚而冒出來的汗：「原來他早知道了。」

白素苦笑：「所謂早知道了，我想其實也不過是這兩天的事。孔玉貞出事的那晚，楊立群和劉麗玲都喝醉了酒，當晚楊立群對劉麗玲的神態言語，就十分奇特，他可能是到那時才肯定的。」

我無目的地揮着手：「奇怪得很，楊立群知道了，但是卻並不殺死劉麗玲，他對劉麗玲，一點恨意都沒有！」

白素不置可否，只是「嗯」了一聲。

我又道：「這種情形，能維持多久？說不定到了哪一天，他們兩人，又因小故起爭執，楊立群會突然想起，劉麗玲就是翠蓮，突然之間，他又會變得神經失常，殺了劉麗玲！」

我講得十分嚴重，白素聽了，也悚然吃驚，來回走了兩步：「我們還是要通知劉麗玲，至少也應該讓劉麗玲知道這種情形！」

我道：「當然。」

我一面說，一面指着電話：「通知她。」

白素立時拿起電話來，撥了號碼，放下，再撥：「在通話。」

我有點坐立不安，白素一直在打電話，時間慢慢過去，我吸着煙，一支又

一支。

足足有半小時之久，劉麗玲的電話仍然打不通。不是沒有人接，而是一直在通話中。

我用力按熄了一個煙蒂：「不對，楊立群來的時候，說她正在熟睡，她和什麼人講電話，講那麼久？楊立群也該回去了，她為什麼一直在講電話？」

白素皺着雙眉，說道：「那我們——」

我用力打了自己的頭一下：「二十分鐘之前，我們就應該直接去，不打電話。」

白素苦笑了一下，我們一起向外衝出去。午夜的街道相當冷清，我駕車，橫衝直撞，直駛向劉麗玲的住所。車子幾乎直衝進大廈的大堂，將大廈的看更人嚇了一大跳。

衝進了電梯，當我伸手出去按電梯的按鈕之際，我的手指，甚至在微微發着抖，白素的臉色，也出奇地蒼白。我們兩人心中，都有一種極強烈的預感，感到會有意外發生。至於為什麼有這樣的預感，誰也說不上來。

電梯停下，我先一步搶到門口，伸手按着電鈴。我們可以清晰地聽到，鈴

聲一下又一下響着，就是沒有人應門。

我望向白素，白素取下了她的髮夾，我讓開了些，仍然按着門鈴由白素去開鎖。

三分鐘後，白素將門鎖弄開，她旋動門柄，推了推門，門拴着防盜鏈。這證明屋內有人，屋內有人而不來應門，這表示什麼？

我在剎那之間，只覺得一股涼意，透體而生。

要撞開這樣的一條防盜鏈，輕而易舉，我側了側身，一下子就將門撞開。

將門撞開之後，我幾乎沒有勇氣走進去，反手握住了白素的手，我們一起走進去。

客廳中沒有人，一切看來都很正常，臥室的門關着。客廳中十分靜，我和白素心情極度緊張，屏住了氣息，靜得可以聽到我們兩人心跳的聲音。

客廳中沒有人，令得我略為鎮定，我在想，或許他們兩人都喝醉了，所以聽不到門鈴聲，也聽不到撞門聲。他們不在客廳，那一定在臥室。

我大聲叫道：「楊立群！」一面叫，一面走向臥室。

我用力去拍門，我大約拍了至少有二三十下，起先，門內一點反應也沒

有，接著，就聽得自臥室之中，傳出了一種奇異之極，令人聽了毛髮直豎的聲音，像是叫聲又不像叫聲，像呻吟又不像呻吟聲。一聽到了那種聲音，我和白素兩人，都不由自主，身子發顫，我更忍不住發出了一下大叫聲，用力去撞門。

撞到第三下，門就撞了開來，我和白素，同時看到了臥室中的情形。

一看到了臥室中的情形之後，我們全都僵呆了。那是真正的僵呆，剎那之間，我們像是被釘在地上一樣，動也不能動，一點聲音也發不出來。

我心中不知有多麼紊亂，在極度的紊亂之中，我只想到了一點：我們來遲了。

我們來遲了！

事情已經發生了！

我們來遲了！

由於極度的紊亂，我記不清是我還是白素打電話報警的，給我印象最深刻的是，我看到電話，在牀頭几上的電話，電話聽筒垂下來，在牀邊晃動着，這是我們為什麼打電話而打不通的原因。

事情自然經過調查，經過整理，如何發生，總算有了眉目，以下是事情發生的約略經過，自楊立群離開家，來和我見面起，到事情發生止。

真正的經過情形，是不是這樣子，當然沒有人知道，因為兩個當事人之一死了，另一個人講的，沒有人可以知道是真話還是謊話。

為了容易了解起見，我用兩個當事人直接出場的方式來將經過寫出來。事情的兩個當事人，當然是楊立群和劉麗玲。

再重複一次，用這種形式寫出來的經過，是不是真正的事實，無法證實，因為事情的經過，是由一個當事人講出來的。

楊立群看到劉麗玲熟睡，離家赴約。劉麗玲在他離去的一刹間就醒來，可能是由於楊立群離去時的聲音，弄醒了她。

劉麗玲醒來之後，看到楊立群不在身邊，就叫了幾聲，沒有人答應，她就披着睡袍，從臥房來到客廳，客廳也沒有人。

那一天，劉麗玲將楊立群自警局接走之後，一直在逃避着和他人接觸（我一直在找他們，也直到午夜才找到），晚報上刊登的消息，孔玉貞的死，全都令他們感到極度的疲倦。

劉麗玲一面打着呵欠，一面又叫了兩聲，推開廚房的門看了看，也沒有人，這令得她感到十分憤怒，楊立群竟在這樣的時候，不聲不響地離開了她。

劉麗玲走進了廚房，打開冰箱，取出了一隻蘋果，順手拿起了一柄水果刀，回到了臥室。她將蘋果放在牀頭櫃上，手上持着刀，開始打電話，就將刀放在電話旁，正在打電話的時候，楊立群回來，看着劉麗玲。

楊立群耐心等着，等到又過了十分鐘，劉麗玲還是在講電話。

（那時候，大概是白素已開始打電話給劉麗玲而打不通的時候。）

楊立群感到十分不耐煩，劉麗玲在電話中講的，又是十分沒有意義的話，他忍不住提高了聲音，叫道：「別講了好不好？」

（這是整件事件中，唯一可以獲得證實的一件事。和劉麗玲通電話的那個女人，事後說：她在電話中聽到了楊立群大聲叫劉麗玲別再講了，她感到害怕，所以立時放下了電話。）

劉麗玲突然之間聽不到對方的聲音，自然知道是聽到了楊立群的呼喝，那令得她更為不快，她用力拋開了電話，坐了起來：「從什麼時候起，連打電話都不可以了？」

（劉麗玲將電話筒拋了開去，而不是放回電話座，所以白素的電話，仍然一直打不通。）

楊立群盯着劉麗玲：「我回來了！」

他說「我回來了」的意思，十分顯明，那是在告訴劉麗玲，他回來了，劉麗玲的注意力就應該放在他身上，而不應該再打無關緊要的電話。

劉麗玲的反應，是一下冷笑，她不望向楊立群，偏過頭去，站了起來。這時，楊立群突然產生了一股衝動，過去，一伸手，抓住了劉麗玲的手臂，用力一拉，將劉麗玲拉了過來。

楊立群用的力道極大，令得劉麗玲的手臂生痛，同時，楊立群的這種態度，也令得劉麗玲更不高興，她大聲道：「放開我！」

楊立群也大聲說道：「不，我不會放開你，我愛你！」

楊立群的話，本來是十分動聽的情話，可是劉麗玲卻掙扎着，叫道：「放開我！」

楊立群非但不放開她，而且將她抓得更緊，又想去吻她。劉麗玲退到了牀頭几前，沒有了退路，楊立群像是發了狂一樣，劉麗玲掙扎向後，楊立群跟着逼了過來。劉麗玲

勝利者一樣，哈哈地笑着，要強吻，劉麗玲的手伸向後面，抓到了那柄放在電話旁的水果刀。

她一抓刀在手，水果刀極其鋒利，無聲無息，刺進了楊立群的胸口。他們兩人的身子幾乎緊擁着，楊立群陡地震動了一下，望向劉麗玲，劉麗玲也望着楊立群。

劉麗玲一刀刺進了楊立群的心口，那動作、姿態，他們兩人的位置，幾乎就像若干年前，翠蓮一刀刺進了展大義心口時完全一樣。

我和白素，撞開了臥室門，看到的情形，和事情發生的一剎那，已經不同。楊立群已經倒在地上，一手按着心口，血自他的指縫中不斷湧出來。劉麗玲手中握着水果刀，血自刀尖向下滴，她神情極其茫然地站着，動也不動。

我們看到了這樣的情形，真是呆住了。

自從知道了楊立群和劉麗玲兩人，各有他們相同的怪夢之後，我們一直擔心的是：楊立群知道了劉麗玲的前生是翠蓮，會將她殺死。

可是如今我們看到的，卻是劉麗玲殺了楊立群！

304

劉麗玲又殺了楊立群。

這個「又」字可能極其不通，但當時，在極度的震驚之餘，我的確想到了這個「又」字。

劉麗玲又殺了小展。

翠蓮殺了小展。

劉麗玲又殺了楊立群。

由於極度的震撼，當時，我不記得是我還是白素，在震呆之餘，先叫了起來：「快打電話，召救傷車。」

那時，我們都看到，楊立群中刀的部位，雖然是致命傷，但是他卻還沒有死。

當我們進來之後，他的眼珠還能轉動，向我們望了過來。

電話可能是白素去打的，因為我一看到楊立群眼珠轉動，向我望來，我立時注意到了他眼神中的那種垂死的悲哀，和一種極度的悲憤和不服氣之感。我連忙俯身，來到他的身前。

我一到他的身前，楊立群的身子陡地震動了一下，一伸手，抓住了我的衣襟。看來像是想藉着他抓住衣襟的力量而仰起身子來。

可是，生命正在迅速無比地離開他的身子，他已經沒有能力做到這一點，

他只能緊緊抓着我的衣襟，口唇顫動着，竭力想説話。

我忙湊近去，只聽得他用極微弱的聲音，斷續地説道：「為什麼？為什麼……她又殺了我？應該是……我殺她，為什麼……她又殺了我……為什麼？」

老實説，我根本不知道如何回答楊立群的問題才好，面對着離死愈來愈近的楊立群，我連假造幾句安慰他的話也説不出來。道理很簡單，因為我不知道為什麼。

在前生，翠蓮殺了展大義，為什麼在這一世，劉麗玲又殺了楊立群？楊立群的氣息愈來愈急促，他陡地提高了聲音，用一種聽了令人毛髮直豎、遍體生寒、充滿了怨憤和痛苦的聲音叫道：「為什麼？」

我被他的那一下叫聲，弄得心中痛苦莫名，也不由自主叫了起來：「我不知道！」

楊立群的喉際，發出一陣咯咯的聲響來，看起來，他的生命，至多只能維持半分鐘。可是看他的神情，卻還想在這半分鐘之內，得到他那個問題的答案。

我實在不忍心再面對着他，上一生，展大義在極度的怨憤中去世，這一

生，看來楊立群也要在極度的痛苦和不明中死亡。

我推開了他的手，並不站起身，就轉過身去。

就在這時，我看到劉麗玲走向楊立群，她的神情已不再木然，而代之以一種異乎尋常的怪異，她來到楊立群的身邊，楊立群擠出了他生命最後一分力量，轉過眼珠望向她。

在這樣的情形下，我真怕劉麗玲再過去刺楊立群一刀，我剛想阻止劉麗玲有任何行動，劉麗玲已俯下身，在楊立群的耳際，講了一兩句話。

那只是極短的時間，劉麗玲不可能多講什麼，她至多只講一兩句而已。楊立群突然現出了一副恍然大悟的神色，而且試圖發出一個自嘲的笑容，和同時發出「哦」的一聲來。

可是，他只笑了一半，那一下「哦」的一聲，也只發了一半，就緊接着，我身子有點僵硬，直起身來，看到白素走了過來，也看到劉麗玲向後退去。

這時，由於情緒的極度混亂，一切都像是在夢境之中看慢動作鏡頭的電影。有很多細節，全部回憶不清。

我記得最清楚的是我突然像瘋了一樣，向劉麗玲撲過去：「你對他說了些

什麼？快講，你對他說了些什麼？」白素將我拉住，大聲叫着我。

劉麗玲喘着氣：「我會告訴你的，我一定會告訴你的，不是現在！」

警車其實不應該來得如此之快，可是就在我和劉麗玲問答之際，警車的

嗚嗚聲已經傳來。事後，較為清醒的白素，說我和劉麗玲之間，重複着同樣

的話，至少在一百遍以上，我們兩人的情緒，都極度激動，以致不知道時間

的逝去。

警車的警號聲一入耳，我如夢初醒，震動了一下，向劉麗玲道：「你殺

了他！」

當我講出這四個字之際，我感到極度疲倦，聲音聽來，也不像是我所發出

來的。

劉麗玲的神態，看來也極其疲倦：「是的，我殺了他，可是他進襲我，像

瘋子一樣地進襲我，我沒有法子，只好這樣做，這純粹是意外！」我苦笑，心

想那得法庭接納她的說法才好。

警方人員來到，以後所發生的瑣碎的事，不必細表，劉麗玲在警局，在法

庭上，始終只是那幾句話，陪審團經過了破紀錄的三十小時的討論，宣布劉麗玲出於自衛，不需負任何法律上的責任。

由於主控方面堅持，劉麗玲一直由警方看押。在這期間，我和白素，曾去看過劉麗玲幾次，可是劉麗玲什麼也沒有說，她甚至拒絕聘請更好的律師為她辯護，一副充滿自信的樣子。

當陪審團開始退庭商議之際，我和白素，都焦急地等着，陪審團有了決定，再度開庭，我和白素一起在旁聽席上。

當陪審團宣布了他們的決定，法官宣判劉麗玲無罪之後，法庭上的各種哄鬧聲，怕是有法庭以來之最。反倒是劉麗玲本人，像是早知道會有這樣的結果一樣，出奇的鎮定。

庭警打開犯人檻，劉麗玲走出來，我和白素向她迎上去，她輕輕地抱住了白素：「我們走。」

我和白素保護着她，離開了法庭，逃開了記者，登上車子。

在車上，劉麗玲道：「能不能先到府上去打擾一下？」

白素道：「當然可以。」

講了這一句話之後，劉麗玲的神情，就陷進了沉思之中，一直進了屋子，她都未曾開過口。

進了屋子之後，白素給了她一杯酒，劉麗玲一口喝乾。她喝得太急了一些，以致酒順着她的口角，流了出來。在她用手抹拭口角之際，白素忽然問道：「什麼時候起，知道他就是你噩夢中的展大義？」

我本來想問劉麗玲同樣的問題，白素既然先我一步問了，我自然不再問，只是等候她的答覆。

劉麗玲道：「在那天晚上的前幾天。」

我怔了一怔：「所謂『那天晚上——』是——」

劉麗玲道：「就是他一定要講翠老太太的事給我聽，而我堅決不願意聽的那個晚上。」

我「哦」地應了一聲，就是那一天晚上，他們爭吵得極為劇烈，我和白素離去，楊立群後來，清晨駕車外出，撞死了孔玉貞。

白素向劉麗玲靠近了些：「他告訴了你他的夢？」

劉麗玲搖着頭：「沒有，每次當我從噩夢中醒來，總可以看到他的眼睛中

那種神情，和我在夢中看到的小展的眼神完全一樣。漸漸地，我明白了，我們兩個人進入夢境的時間完全一致，前生的事，同時在我們兩人夢境之中重現，我就開始去搜集資料，開始追尋！」

我聽到這裏，不禁苦笑了一下，點了點頭：「是的，不過我沒有像他那樣，到夢境發生的地方去，我只是搜集他的各種行動資料。很快，我就發現他曾到過的那地方，做過一些怪異的事情。同時，我也莫名其妙地對那個傳奇人物翠老太太發生興趣，也搜集了她不少資料。很容易就使我明白了翠老太太是什麼樣的人。」

我苦笑了一下，問道：「翠蓮？」

劉麗玲道：「是的，也就是我的前生。」

我和白素兩人，深深地吸了一口氣。

劉麗玲道：「同時，我也明白，我和楊立群相識，相愛，並非偶然，那是一種因果，由於我們前生有這樣的糾纏，今生一定會相識！」

我喃喃地道：「就像你和胡協成，楊立群和孔玉貞一樣？」

劉麗玲道：「對，我就是這個意思。」

我和白素齊聲道：「如果是這樣的話，那麼——」

劉麗玲不等我們講完，就接了下去：「如果是這樣的話，那麼今生，他應該殺掉我才是，對不對？」

這個問題，玄妙到了知識範疇之外，但是在因果，或是邏輯上，又的確該如此。

劉麗玲問了一句之後，接着又道：「我和楊立群，都不知是什麼原因，有一部分前生的經歷，進入了我們的記憶之中。可是我和他，都沒有再前生的記憶，你們明白我的意思？」

我呆了一呆，不明白，看白素的神情，一片茫然，顯然也不明白。

劉麗玲作了一個手勢：「我們都不知道再前生的事，或許，在再前生，他對我所做的壞事，要令他死在我手裏兩次？」

我和白素兩人，一聽之下，不約而同，一起站起，發出了「啊」地一聲，又坐下，半晌說不出話。

過了好一會，我才道：「在他臨死之際，你對他講的，就是這句話？」

劉麗玲點着頭：「是的，我看到他臨死之前的神情，那樣怨憤，那樣不明

不白，心中很不忍。本來我也不能肯定，只是姑且這樣對他講一講。可是，他在臨死之際，腦際一定有異常的活動，可能在那一剎間，連再前生的記憶，都進入了他的腦中，所以他立刻明白了，明白得極快又極徹底，這證明了我的推測沒有錯。」

我發出了一連串的苦笑聲：「前生已經極其虛無縹緲，何況是再前生！」

劉麗玲站了起來，道：「但是，既然有前生，一定會有再前生！」

劉麗玲的話，邏輯上無可辯駁，我和白素只好怔怔地望着她。她掠了掠頭髮：「我要告辭了，我早已辦好了歐洲一個小國的移民手續，我想，我們以後，可能沒有機會見面了。」

她一面說，一面向外走去，在她快到門口之際，我叫住了她，說道：「劉小姐，你和楊立群之間的事，本來和我一點關係也沒有，然而我竟然莫名其妙地扯在裏面——」

我的話還沒有講完，她已經道：「不會一點關係也沒有。」我要的就是她這句話，我立時道：「好，那麼，請告訴我，我的前生，和你們有什麼糾纏？」

劉麗玲搖着頭：「對不起，我不知道，真的不知道。」

她説完之後，就一直走了出去。

劉麗玲一定立即離開了這個城市，因為第二天，再想去找她，她已經蹤影不見了。

簡雲笑了笑：「我看一定有。」

我有點氣惱：「那我是什麼角色？在南義油坊中毒打小展的一共有三個人，還有一個好像並未出現，我總不成會是那個人！」

簡雲道：「當然不會是那個人，照我的想法，你可能是那四個皮貨商人被謀害之後，歷年來追查這件案子的辦案人員中的一個！你前生是一個辦案人員，這一點，和你今世的性格，也十分相似！」

我向着簡雲，大喝一聲：「去你的！」

簡雲拍着我的肩：「我只是猜猜，別認真。你對自己的前生，一點記憶也沒有，但是你那天晚上的行為，的確有點怪，不知是什麼力量促使你那樣做，

一直到隔了很久之後，我又和簡雲會面，談起了劉麗玲、楊立群、前生、今世這許多玄妙的問題。也提及了那一天晚上，我態度不明，堅決要離去的事，我道：「難道我的前生，和他們真有糾葛？」

這一點，你總不能否認吧。」

我只好喃喃地道：「誰知道！我真的不知道。」

簡雲也歎了一聲：「是的，我們不知道的實在太多了。」

「尋夢」這個故事，就在我和簡雲的感歎聲中結束。

還有三點要說明，第一點：一九八〇年八月，全世界有關方面的科學家，集中開會，研究人為什麼要睡眠，會做夢，但沒有結論。

第二點：愈來愈多的科學家、心理學家堅信在經過催眠之後，某種感覺特別強烈的人，可以清楚說出他前生的經歷，已經有不少具體的例子可供參考。

第三點：前生的事，會不會影響到今世？我們誰都曾愛過人，被愛過，世界上那麼多人，為什麼會偏偏遇上了，相識了，戀愛了，難捨難分了？總有點原因吧。

至於是什麼原因，誰知道？至少我不知道。

（全文完）

衛斯理小說典藏版　07

尋　夢

作　　　者：	衛斯理（倪匡）
責任編輯：	黎倩雲　黃敬安
封面設計：	三原色
出　　　版：	明窗出版社
發　　　行：	明報出版社有限公司
	香港柴灣嘉業街18號
	明報工業中心A座15樓
電　　　話：	2595 3215
傳　　　眞：	2898 2646
網　　　址：	https://books.mingpao.com/
電子郵箱：	mpp@mingpao.com
版　　　次：	二〇二〇年七月初版
	二〇二二年七月第二版
	二〇二二年十月第三版
I S B N：	978-988-8687-21-3
承　　　印：	美雅印刷製本有限公司